नाटक

कुंजबिहारी श्रीवास्तव

अंजुमन प्रकाशन

Title : Waiting Ticket
Author : Kunj Bihari Srivastava

Published By-
Anjuman Prakashan
942, Mutthiganj, Prayagraj, 211003
www.anjumanpublication.com
anjumanprakashan@gmail.com

Hardcover, First published by Anjuman Prakashan in 2022
ISBN : 978-93-91531-78-2
Copyright © 2022 Kunj Bihari Srivastava
Printing rights reserved : Anjuman Prakashan 2022
Cover & Typeset by Anjuman Prakashan

रंगयात्रा

रंगमंच पर अभिनय के माध्यम से अपनी बातें लोगों तक पहुँचाने का मेरा लंबा नाता है लगभग पैंतीस वर्ष, भारत के विभिन्न शहरों में नाटकों में अभिनय, फिर धारावाहिकों में, बॉलीवुड फिल्म एवं वेब-सीरीज आदि में मुख्य भूमिका निभायी ,"मैग्सेसे अवार्ड से सम्मानित वाटरमेन" "राजेंद्र जी" की जीवनी पर बने धारावाहिक [दूरदर्शन, ललित बहल द्वारा निर्देशित] में राजेंद्र जी की मुख्य भूमिका भी निभायी। भीष्म साहनी लिखित "हानूश" [अरविंद गौर द्वारा निर्देशित, अस्मिता थिएटर ग्रुप] नाटक सबसे सफल रहा। नेशनल स्कूल ऑफ ड्रामा के कई निर्देशकों से सीखा ओर उनके नाटको में अभिनय किया "खिलौने काँच के” "राशोमन" मोक्ष डॉक्टर, कलिगुला जैसे नाटक बहुत पसंद किये। टीवी चैनल पर "कहानी जुर्म की” "स्टार प्लस” व "जासूस विजय" [बी॰बी॰सी॰], जुही, शेरशाह शूरी, [श्री गुरबीर ग्रेवाल, निर्देशक] एवं हादसा [टीवी - 18] सबसे सफल रहे। निर्देशन में भी श्री अरुण कुकरेजा जी साथ कई फिल्मों में निर्देशन किया, किन्तु मन अपनी बातें कहने के लिए मेरी कलम फिर भी बेचैन रही इसलिए लिखना जारी रहा ये सफर समाचार पत्रों से सिनेमा तक जारी है विशेष रूप से सामाजिक जागरूकता के विषय चाहे वो व्यंग्य कविता ही क्यों न हो, कभी नहीं हिचकिचाहट हुई, अरे अपना परिचय और लेखन यात्रा की तो बात ही नहीं की, सीधा शुरू हो गया, बताता हूँ शुरूआत कैसे और कब हो गयी।

दिल्ली यूनिवर्सिटी से मास्टर्स ऑफ़ आर्ट्स एवं जनसंचार व पत्रकारिता में स्नाकतोत्तर डिप्लोमा [कुरुक्षेत्र विश्वविद्यालय] फिल्म एप्रिसीएसन कोर्स [आई॰आई॰टी॰, मद्रास] में पढ़ाई की। स्कूल के दौरान ही छोटी कहानियाँ व नाटक लिखने का आरम्भ हो चुका था, दसवीं की बोर्ड परीक्षा से पूर्व मेरी नाटक टोली, मेरा प्रथम नाटक "रामू की करामात" [व्यंग्य एकांकी] के धमाकेदार प्रदर्शन को दिल्ली ज़ोनल प्रतियोगिता में पहला स्थान प्राप्त हुआ। अंग्रेज़िअत बनाम हिंदी भाषा के प्रयोग पर नाटक का कथानक था, [ये नाटक शायद उस वक्त

मेरी कुंठा थी, क्योंकि हम हिंदी माध्यम के सरकारी स्कूल में पढ़ते थे और बगल में ही नामी अंग्रेजी स्कूल जो हमारे ही जोन में आता था।

हमारी नाटक टोली को स्कूल प्रशासन ने कारण बताओ नोटिस ज़ारी किया था। दसवीं की बोर्ड परीक्षा के कारण हमें भाग लेने की अनुमति नहीं मिली थी और हम बगावत करके शामिल हुए थे जीतने का समाचार [जोन विजेता] मिलते ही स्कूल प्रशासन ने हमारी उपलब्धि को प्रार्थना सभा में घोषित की, हम बगावती छात्र से हीरो बन गये, स्कूल में नाटक का पुनर्मंचन हुआ, बस वही से मेरे पुष्प जुड़ने लगे और लेखन माला बनती गयी !

हिंदी के नाटक "सिकंदर", राजा अभय सिंह, ये सूरज कब उदय होगा आदि [लघु नाटिकाएँ] स्कूल के वार्षिक उत्सव में मंचित होते।

"सबक" (निर्देशक - महेश प्रकाश, वर्तमान मे उतराखंड फिल्म उद्योग के मशहूर निर्माता, निर्देशक) मेरा पहला नाटक सार्वजानिक सभागार (श्रीराम सेंटर, दिल्ली) में मंचित हुआ, कई बार कई शहरों में प्रदर्शन होता रहा।

कविताओं, कहानियों व नाटकों ने पिछले पच्चीस वर्षों से लगातार मेरी कलम से जन्म लिया, मन जब भी उद्वेलित या आक्रोशित हुआ नयी रचना ने मेरे दिल व मस्तिष्क से वाद–विवाद किया और पन्ने पर छपने लगी, हालाँकि मैंने जान-बुझकर हिंदी की किसी विशेष लेखन विधा में खुद को नहीं बाँधा। कभी कविता, कहानी, संस्मरण, मौखिक रिपोताज़, अनुवाद पर दिल की पूरी बातें नाटकों और कहानियों से ही की।

1996 में नितीश सेन के नाटक "अपराजिता" का सिनेमाई रूपांतरण [सह–पटकथा] लेखन श्री अरुण कुकरेजा जी के साथ लिखा [फिल्म "अष्टनायिका" के नाम से बनी, एकल अभिनेत्री "सुश्री शर्मीला टेगौर" ने सिनेमा जगत में फिर वापसी की, नाटक व फिल्म दोनों विधाओं का संगम है ये लेख, वस्तुतः लिम्का बुक ऑफ़ वर्ल्ड रिकार्ड में सबसे लंबी एकल अभिनेत्री फ़िल्म के रूप में दर्ज़ हुआ]

वर्ष २००० में "गाँधी फिर चाहिए" चर्चित हुआ, इस नाटक के लिए "हिंदी अकादमी, दिल्ली सरकार" ने प्रकाशन हेतु सहायता प्रदान योजना के तहत चयनित किया। कई नाट्य मंडलियों ने इसे पठन के लिये लिया लेकिन मंचित करने के हिम्मत नहीं जुटा सके। लेखन में लुटी तो नहीं थी शायद आक्रोश था, मैंने अपनी शैली नहीं बदली। मेरा नाटक "वेटिंग टिकिट" की पाण्डुलिपि वर्ष-२०१८ में सर्वाधिक पढ़ा गया, मुंबई के कई स्थल जहाँ सुबह की अखबार बुजुर्ग लोग पढ़ते हैं वहाँ भी इस नाटक का पठन व विवेचन हुआ। काफ़ी प्रोत्साहित हुआ, अच्छी प्रतिक्रिया मिलीं, बुजुर्ग तो कायल हुए थे साथ में युवा वर्ग भी रोमांचित है, नाटक का अभी तक पाठ्य ज़ारी है। २०१८ के "मौलिक नाटक" लेखन मोहन राकेश

अवार्ड के लिए साहित्य कला परिषद दिल्ली सरकार को विचारार्थ भेजा गया लेकिन चयनित नहीं हुआ। मैंने न चयनित होने के कारणों का कोई दुःख नहीं किया क्योंकि मैं सिर्फ लिखता हूँ ताकि अपनी बात पहुँचा सकूँ।

"लालमुन्नी" फ़िल्म नाट्य रुपांतरण है वर्ष २०१६ में सिने-माध्यम से एकल अभिनेता [स्वयं-अभिनीत] राष्ट्रीय-अंतर्राष्ट्रीय लघु फ़िल्म समारोह में प्रतिभागी बना, विश्व में कई देशों से सराहना भी मिली।

मेरी लघु फिल्म "स्वच्छता अंतहीन जिम्मेदारी" भारत सरकार द्वारा लघु फिल्म समारोह 2016 मे सराही गई।

2018 लिखी कहानी "लंबी वाली झाड़ु कहानी" अत्यधिक विचलित करती है, नाट्य रुपांतरण ज़ारी है।

मुंबई में "अपना घर बनाने का सपना" और "काम वाली बाई की लड़की" जो मिर्गी के दौरों से पीड़ित है उसी के सपने पर लिख डाली, मालूम नहीं था कि ये कहानी मुझे ही झकझोर देगी।

2021 में "पॉडकास्ट" आडिओ स्टोरी की विधा में प्रवेश किया, wynk म्यूजिक, spotify, जियो सावन, amazon म्यूजिक, गाना.कॉम, हंगामा.कॉम आदि पर मेरी podcast सिरीज़ "महाभारत युद्ध के अठारह दिन", "जीवन की कहानी मेरी जुबानी", तथा "कलम के सिपाही मुंशी प्रेमचंद" [सभी स्वरचित लघु कहानियाँ] पूरे विश्व में सफलता से सुनी जा रही हैं।

मेरी प्रेरणा...
"प्रेमचंद कलम के सिपाही" आपको नमन

पुष्प अर्पण
अरुण कुकरेजा, प्रख्यात रंगकर्मी व सिनेमा निर्देशक
एवं दिलीप शंकर [अन्तराष्ट्रिय अभिनेता एवं रंगमच कलाकार]

नमन
रचित श्रीवास्तव एवं किरण श्रीवास्तव [पुत्र एवं पत्नी]

आभार
इस पूरी यात्रा के सभी सहभागी.....

साभार,
सिनेमाघर, रवींद्र नाथ टेगोर, इस्कॉन टेम्पल पब्लिकेशन, मेरी रंगयात्रा के सभी कलाकार निर्देशक एवं रंगटोलियाँ।

वेटिंग टिकिट

मेरे अब तक लिखे नाटकों की शैली से बिलकुल अलग है, लेकिन किसी भी तरह का प्रयोग नहीं है। इस नाटक को लिखते हुए मेरा चित्त और हाड़-माँस का पुतला शांत होता चला गया। पिछले कई महीनों से हृदय में समुद्र के अंदर उठने वाले ज्वार-भाटा की तरह की हलचल थी। हृदय और मस्तिष्क दोनों ही आक्रोश से भरे थे, रक्त की धारा इतनी तेज़ बह रही थी कि मुझे भय ने घेर लिया कि कहीं काल के मुख में असमय ही न समा जाऊँ।

अपने ही स्वार्थ के लिये कलम उठा ली और नतीजा आपके सामने वेटिंग टिकिट के रूप में है। आज़ादी के बाद से ही देश विकासशील है, विकसित नहीं हो पा रहा है। लोकतन्त्र है, आज़ादी भी है पर सुकून नहीं है। आदमी अपने-आप को असहाय ही महसूस कर रहा है। साँस कब उखड़ जायेगी बस यही उसकी सोच और डर है। जीने का अधिकार ईश्वर ने दिया है लेकिन जीने की शर्तें चंद लोगों ने तय कर दी है। आजकल समाज में जो भी घटनाएँ हो रही है, वो केवल भय ही पैदा करती है। जिन मुद्दों पर मार-काट हो रही है आम आदमी का उससे कोई सरोकार नहीं है। उन मुद्दों में न तो रोटी है और न ही रोज़गार। सुबह का अख़बार केवल गोली-बन्दूक और मरने वालों की संख्या बताता है। वर्तमान में चल रहे घटनाक्रम इंसान को रोज़ मरने को मजबूर कर रहे हैं। गरीब ठगा सा महसूस कर रहा है, किसान आत्महत्या को मजबूर है, अंधविश्वास, रूढ़िवाद कालिया नाग की तरह फन फैलाये खड़ा है। धर्म के नाम पर समाज का बँटवारा, पंचायतों के मृत्युदंड के निर्णय, न्यायपालिका का उपहास खुलेआम उड़ा रहे हैं। सरहद पर रोज़ देश की रक्षा करने वाले बिना युद्ध के मारे जा रहे हैं। हिंदी अख़बार केवल जेब-तराशी और बलात्कार छापते हैं। दलित शब्द लिखना अख़बार बेचने की गारंटी है। शायद

इसलिये ही हिन्दी भाषा की अन्य तमाम लेखन विधाएँ केवल वेण्टीलेटर पर पड़ी हैं। शरीर के सभी अंगो ने काम करना बंद कर दिया है। युवा पीढ़ी जागरूक है, केबल टीवी और धारावाहिक केवल भोंडे और अतिकाल्पनिक कार्यकर्मों से समाज के निराश जनमानस का मनोरंजन कर रहे हैं। ये कड़वा सच है, लेकिन मैं इसे नकार नहीं सकता कि वो सफल है। वेटिंग टिकिट, समसामयिक घटनाक्रमों पर हास्य और व्यंग्य के साथ गंभीर और गहन चिंतन है।

कुंजबिहारी श्रीवास्तव

पात्र

राजेश्वर	[40 वर्ष]	[पुरुष]
घीसू	[35-45]	[पुरुष]
वसीम	[20-22]	[पुरुष]
पुष्पा दीदी	55-60	[महिला]
संतोषी	[35]	[महिला]
सबीना	23	[महिला]
भगवती	40-42	[महिला]
टी०टी०		[पुरुष]
खैनीशंकर/रमाकांत		[पुरुष]
देशबंधु		[पुरुष]
द्विवेदी		[पुरुष]
श्रीकांत		[पुरुष]

10 पुरुष व 5 अन्य महिला

2 रेलवे कर्मचारी [पुरुष]

अनुक्रम

वेटिंग टिकिट

मंच सज्जा

मंच पर एक रेलवे स्टेशन के प्लेटफॉर्म को दर्शाया जा सकता है, ये प्लेटफॉर्म केवल तभी मंच पर प्रकाश परिकल्पना के माध्यम से केवल स्टेशन पर ट्रेन रुकने वाले दृश्यों में ही दिखाया जाना चाहिए। ये मंच के पिछले भाग में सजाया जाना चाहिए। मंच के मध्य में ट्रेन की बोगी के रूप में सुसज्जित किया जा सकता है यद्यपि निर्देशक प्रतिकात्मक प्रयोग के लिये स्वतंत्र हैं [मंच सज्जा निर्देशक अपनी परिकल्पना के आधार पर भी कर सकता है लेकिन रेल का डिब्बा मंच पर नाटक को सही रूप से परिभाषित करेगा। नेथ्थय से मंच पर ट्रेन चलने का संगीत-प्रयोग नाटक को मंचित करने एवं अभिनय करने वाले कलाकारों की अभिव्यक्ति का स्वाभाविक आभास करा सकता है। दर्शक खुद को वास्तविक रूप से नाटक से जुड़ा हुआ जीवंत अनुभव करेंगे]

दृश्य-1

[पृष्ठभूमि एवं परिवेश]

[रेलगाड़ी धीरे-धीरे चल चुकी है। प्लेटफॉर्म पर भीड़ व अफरातफरी मची है, तभी एक 40 वर्ष की उम्र का व्यक्ति हैंडबैग व पानी की बोतल लिये चलती ट्रेन में कूद जाता है]

राजेश्वर: [डिब्बे के अन्दर प्रवेश करता है और लगभग शौचालय के पास खड़ा हो जाता है]

भाई साहब, [समीप खड़े दूसरे यात्री से] बच गया! इसके बाद 10 घंटे के बाद ही ट्रेन है। कल घर पहुँचना जरूरी है (पानी पीता है)

दूसरा यात्री:   नहीं मुझे नहीं लगता कि आपका घर पहुँचने का इरादा है जिस

तरह से आपने एंट्री मारी है, उससे शायद आप भगवान के घर पहुँच जाते। मेरा नाम घीसु है, दिल्ली जा रहा हूँ।

पहला यात्री: जी, मैं राजश्वेर हूँ।

घीसु: जाइए अपनी सीट पर बैठ जाइए, ये बोगी नंबर S-4 है।

राजश्वेर: जी, मेरी टिकिट अभी कन्फ़र्म नहीं है टी॰टी॰ साहब से बात करनी है। वेटिंग टिकिट है।

[ट्रेन अब गति पकड़ चुकी है, यात्री अपनी सीट पर बैठ चुके हैं घीसू अंदर चला जाता है]

[तभी दो महिला टॉयलेट के लिये आती है]

पुष्पा दीदी: [राजेश्वर से] दिल्ली जा रहे हो बचवा?

राजश्वेर: जी नहीं, दिल्ली नहीं, मथुरा तक ही जाना है।

पुष्पा दीदी: धन्य हो गयी आपसे मिलकर।

राजश्वेर: जी, मुझसे, मैं तो आपसे...

पुष्पा दीदी: [उसकी बात को काटते हुए] किशन कन्हैया की नगरी है मथुरा, तुम्हारी छवि में भगवान को देख रही हूँ।

राजश्वेर: [सहम जाता है] जी मैं, मथुरा नहीं, भागलपुर से हूँ।

महिला : [घूरती है] कभी लड़की नहीं देखी? हटो रास्ता छोड़ो, टॉयलेट जाना है, पता नहीं लोग लड़कियों का रास्ता क्यों रोकते हैं? लड़की देखी नहीं कि बस लगते हैं संबंध बनाने! भागलपुर का हूँ, हम पूछे क्या तुमसे, बतियाने का बहाना चाहिए था।

महिला 2: जाओ दीदी, घुस जाओ वरना देर हो जायेगी। इनसे हम नैन मट्रका कर लेते हैं।

[पुष्पा दीदी टॉयलेट मे घुस जाती हैं]

[नेप्थ्य से मंच पर ट्रेन चलने का संगीत बजता है]

दृश्य-2

संतोषी: पता नहीं कितनी बार पेशाब करने जाती है। हकीम साहब बोले पानी कम पिया करो।

राजेश्वर: जी, शायद इन्हें मधुमेह की बीमारी हो सकती है। उसमें ऐसा ही होता है।

संतोषी: मधुमेह हो ही नहीं सकता। पुष्पा दीदी बाबा योगदेव के सारे योगासन करती है। दीदी को शुगर की बीमारी है! बाबा जी टेलिविज़न पर बहुत देर से योगासन सिखाना शुरू किये, आश्रम का पता ही नहीं था, तब बाबा का योगासन टीवी पर नहीं दिखाते थे वरना शुगर की हिम्मत दीदी को छू भी जाती।

राजेश्वर: मधुमेह ही शुगर का हिन्दी में नाम है।

संतोषी: चुप, तुम कोई डॉक्टर हो? शुगर नहीं मधुमेह है दीदी को, बिना मशीन लगाये बता दिये मधुमेह है [बड़बड़ाती है], बाबा कभी झूठ नहीं बोलते अबकी बार हमलोग स्वामी जी के आश्रम जा रहे हैं हम बीस औरतें हैं, वो भी एक ही गाँव से। कटोरा स्टेडियम दिल्ली में दरबार लगेगा स्वामी जी का एडवांस मे टिकिट बुक किये हैं वो भी तीन महीने पहले, पूरे तीन हज़ार रुपए में, स्पेशल भक्त कोटा बुक किये हैं, अगर किरपा हो गयी तो, सारे कष्ट दूर हो जायेंगे।

[टॉयलेट के पास जाकर] सुनो दीदी निकल जाये तो मुझे बता देना, लगता है पूरा खाना निकाल कर ही दम लेगी, टाइम लगेगा, निवृत होने बैठ गयी हैं। जुबान पर कंट्रोल तनिक भी नहीं है, बार-बार खाती हैं [नाक़ बंद करती है] छी:-छीः बहुत महक रहा है, अपनी सीट पर जा रही हूँ। [टॉयलेट के दरवाजे पर खटकाती है] दीदी एक ही बार निपट लेना...

पुष्पा दीदी: [टॉयलेट के अंदर से] बस दुई मिनट रूक जा, हो गया। समोसा

गड़बड़ किया है।

संतोषी:   पुष्पा दीदी, तुम गड़बड़ और पानी का बहाव कंट्रोल ठीक करो, हम
           सीट पर जा रहे हैं। [राजेश्वर को] पहुँचा देना।

राजेश्वर: जी, ठीक है। लेकिन आप कौन सी सीट पर हैं।

संतोषी:   नंबर टिकिट पर लिखा है, पर टिकिट पुष्पा दीदी के पास है, आओ
           जगह दिखा देती हूँ। [संतोषी, राजेश्वर को लेकर डिब्बे के अंदर
           बढ़ती है]

           [ट्रेन के भीतर सीटों पर कुछ लोग बैठे हैं, कुछ लेटे हैं, तभी
           महिलाओं का ग्रुप बैठा दिखता है]

संतोषी:   यही है हमरी सीट, 19 लोग हैं, और एक - पुष्पा दीदी, टॉयलेट में,
           पूरी बीस। झूठ बोले से कोई लाभ नहीं होता। बीस बोले थे, चाहे तो
           गिन लो।

राजेश्वर: जी !

राजेश्वर: क्या मैं, कुछ देर यहीं बैठ सकता हूँ?

संतोषी:   तुम्हें, हम कहे की पुष्पा दीदी, टॉयलेट से निकलेगी तो मुझे बताना।

राजेश्वर: जी, थक गया था। काफी देर से... खड़ा हूँ।

संतोषी:   अपनी सीट पर क्यों नहीं बैठे?

राजेश्वर: सीट नहीं मिली, अचानक जाना पड़ रहा है। मेरे पास वेटिंग टिकिट
           है।

संतोषी:   निकलो यहाँ से, ई डिब्बा रिजर्व का है। पुष्पा दीदी अपने-आप आ
           जायेगी। पुष्पा दीदी तुमको देखते ही पहचान ली थी। ई आदमी नैन
           मटृका कर रहा था, टॉयलेट के पास। [बाकी महिलाएँ खुसर-फुसर
           करने लगती हैं]

राजेश्वर: जी, अभी तो आप कह रही थी कि...

संतोषी:   देखो अख़बार में रोज़ आता है, बिना टिकिट और अजनबी लोग
           लूट-पाट करते हैं। खासतौर पर हम जैसी जवान और खूबसूरत
           लड़कियों को देखकर।

राजेश्वर: पर मैं बिना टिकिट नहीं हूँ, मेरे पास वेटिंग टिकिट है और....

संतोषी:   पहली बार बाबा जी के समागम में नहीं जा रहे, टी॰टी॰ अगले
           स्टेशन पर उतार देगा, चलो भजन करो दीदी।

           [महिलाएँ गीत गाने लगती हैं, ढोलक बजने लगता है] चलो बुलावा

                                    वेटिंग टिकिट

आया है, बाबा ने बुलाया है, गोलगप्पा भी खाया है, भर्ता भी बनाया है, लाल, पीली, हरी, चटनी और खोया भी बनाया है, दर्शन देना बाबा अबकी, किरपा कर देना सबकी, आयेंगे बार-बार, तेरे दर्शन को दरबार।

[राजेश्वर कुछ सोचे बिना वापस टॉयलेट कि तरफ बढ़ने लगता है, तभी टी॰टी॰ का प्रवेश होता है, राजेश्वर अपना टिकिट निकालता है]

राजेश्वर: टी॰टी॰ साहब, टी॰टी॰ साहब... टी॰टी॰ (कुछ नहीं बोलता) दूसरे यात्री से टिकिट माँगता है...[आई कार्ड दिखाइए]

राजेश्वर: टी॰टी॰ साहब, टी॰टी॰ साहब...

टी॰टी॰:   अभी कोई सीट नहीं है. ... मुझे तभी लोग टी॰टी॰ साहेब बोलते हैं जब टिकिट वेटिंग में होता है। मैं तुम्हें ट्रेन से उतार सकता हूँ, रेलवे का नियम है, 25 साल की नौकरी है सारे रूल कंठस्थ हैं इसलिये नो आर्गूमेंट।

राजश्वर: जी, मैं आपसे बाद में मिलता हूँ।

टी॰टी॰:   गेट के पास खड़े हो जाओ। बोगी की चेकिंग करनी अभी बाकी है, उससे पहले तुम्हें उतार नहीं सकता, ऑनलाइन टिकिट कराई होती तो पैसे अब तक आपके खाते में पहुँच चुके होते और टिकिट कैंसिल, लेटेस्ट रूल बना है। नो ट्रीट प्लीज...

राजेश्वर: [घबराकर] जी, टॉयलेट के पास खड़ा हूँ। पुष्पा दी, बाहर आ गयी होगी।

टी॰टी॰ [आगे टिकिट चेक करने लगता है]

[नेप्थ्य से ट्रेन चलने का संगीत बजता है]

दृश्य-3

[ट्रेन के डिब्बे के अंदर संगीत की आवाज आती है, [जैसे रेडियो में गाना....बज रहा हो, राजेश्वर चुपचाप टॉयलेट के पास खड़ा हो जाता है, तभी टी०टी० आकर रुकता है]

टी०टी०:　{राजेश्वर से} टिकिट है क्या ?

राजश्वेर:　जी, वो आपसे बात की थी, जब में ट्रेन में, पुष्पा दीदी का इंतजार कर रहा था ।

टी०टी०:　मैंने नहीं पहचाना और मैं समझा भी नहीं, कौन पुष्पा, वैसे भी ट्रेन में इंतजार कोई करता है, कौन से स्टेशन से चढ़ेगी, अगला स्टेशन, भीलगढ़ आयेगा न तो वहाँ ये ट्रेन रुकेगी और उससे अगले स्टेशन से मेरी लिस्ट में कोई रिज़र्वेशन नहीं है। उल्लू समझते हो।

राजश्वेर:　जी, आप को याद नहीं है... पुष्पा जी टॉयलेट में थी और में वहीं खड़ा था।

टी०टी०:　कोई मान-मार्यदा नहीं है, अब इश्क के लिये ट्रेन का टॉयलेट भी इस्तेमाल करने लगे हैं, पुष्पा से मिलने का मौका मिला क्या ?

राजेश्वर:　जी, आप गलत समझ रहे हैं। मुझे भी और पुष्पा दीदी को भी, हम दोनों में कोई रिश्ता नहीं है। मैं उन्हें जानता तक नहीं।

टी०टी०:　तो फिर नाम कैसे पता चला ? अच्छा तो फेसबुक से जान-पहचान हुई थी और अब ट्रेन में मुलाक़ात, वो भी टॉयलेट में, बड़ी लंबी छलांग लगा दी। हमारी ज़िंदगी तो टिकिट देखने में ही निकल गयी। तुम अपनी टिकिट दिखाओ।

राजेश्वर:　जी, हाँ। [जेब से टिकिट निकालता है] ये लीजिये !

टी०टी०:　ये तो वैध नहीं है, वेटिंग लिस्ट नंबर 181... यह रिजर्व डिब्बा है, बोगी नंबर S-4।

राजश्रेर: जी, टिकिट वेटिंग ज़रूर है, पर अवैध नहीं, मैं यही आपसे कहने की कोशिश कर रहा हूँ।

टी॰टी॰: क़ानून के सभी कॉलेज सरकार को बंद कर देने चाहिए। हर आदमी पैदाइश से ही वकील होता है इस देश में पकड़े जाने पर गलती कोई नहीं मानता, बहस करना शुरू कर देता है साथ में पूरा भाषण। हमें इस देश के क़ानून मे पूरा विश्वास है। न्यायपालिका जो भी सज़ा देगी हमें मंजूर है। आज तक करोड़ो मुकदमे फैसले के इंतज़ार में पड़े हैं, [राजेश्वर से] कैसे वैध है, बता दें, कर पैरवी अपनी सफाई में...

राजेश्वर: [जैसे ही बोलने को होता है तभी पुष्पा दीदी ज़ोर से टॉयलेट के दरवाजे को खोलती है, पसीने में लथपथ]

पुष्पा दीदी: अरे पाप हो गया।

राजेश्वर: जी ये... पुष्पा जी।

टी॰टी॰: तभी ये कह रही है पाप हो गया।

टी॰टी॰: क्या किया इसने? पाप कई तरह के होते हैं।

पुष्पा: पाप इसने नहीं तूने किया है।

टी॰टी॰: जी, पर मैं तो टॉयलेट मैं घुसा ही नहीं तो पाप कैसे?

पुष्पा: पाप तूने किया है तुझे सज़ा मिलेगी। मैं करूँगी तेरी शिकायत।

टी॰टी॰: जी मैं टॉयलेट मे सुबह से अदंर नहीं गया, मैं तो आपसे पहली बार मिला हूँ, इंतज़ार ये कर रहा था।

पुष्पा दीदी : तू टी॰टी॰ है। टॉयलेट में पानी है कि नहीं ये चेक करना तेरी ड्यूटी बनती है। कितनी देर से पिछवाड़ा धोने की कोशिश कर रही थी टॉयलेट धोने के नल में पानी नहीं है, ऊपर मंजन करने वाले नल मैं पानी था, टाँग ऊपर किये पर और चुल्लु भर पानी हाथ में लिये [जस्ट विज़्यूलाइज] वैरी डिफिकल्ट पोजीशान ऑफ़ बॉडी, पानी से संपर्क पिछवाड़े का होई ही नहीं पा रहा था! ऊपर से नीचे पानी आते-आते नीचे गिर जाता था चुल्लु से [अभिनय करती है], पूरी कलाबाजी दिखाई टॉयलेट में तब जा कर शुद्ध हो पायी, इसी कारण बाहर नहीं निकले अदंर ही सारे योगासन करने पड़ गये, ऊपर से गर्मी, पूरे आसन टॉयलेट मे ही हो गया अब समागम में बाबा जी करवायेंगे तब क्या "घंटा" करेंगे। दो महीने पहिले से रिजर्व टिकिट कटवाये थे कि कौनो तकलीफ़ नहीं होगी। ई रेल डिपार्टमेन्ट कभी

नहीं सुधरेगा, कन्फ़र्म टिकिट के बाद भी परेशानी। [तभी ट्रेन में रेलवे कर्मचारी खाने-पीने का समान बेचने आता है]

रेलवे स्टाफ : कटलेट, कटलेट... समोसा...

पुष्पा: [उसका कालर पकड़ लेती है] समोसा फेंक, इसी के चलते टॉयलेट में सारा योगा करना पड़ा। तुम लोग खराब-सराब तेल इस्तेमाल करते हो। बाबा जी का तेल लिया करो, उसमें हानिकारक तत्व नहीं होते। देशी समान बनाकर स्वदेशी जागरण चला रहे हैं। स्वदेशी चीज़ों की जाँच भी सतर्कता की वजह से विदेशी लैबरोटरी में कराते हैं, नहीं मालूम तो, टेलीविजन देखा करो। कहीं इस तेल में कैंसर फैलाने वाले तत्व न हो, वैसे जब से पैदा हुए तब से बाज़ार में मिलने वाला तेल खा भी रहे हैं और लगा भी रहे हैं, किस्मत ही थी जो जवानी तक ले आयी वरना तो बचपन में ही तेरहवीं हो जाती, {राजेश्वर से कहती है} अरे बेटा जरा सीट तक छोड़ दो। टॉयलेट में योगा करके शरीर दुख रहा है, जगह कम थी अंदर।

राजश्वर: टी०टी० साहब मैं जरा पुष्पा जी को छोड़ कर आता हूँ...

टी०टी० : भैया अच्छे से बैठा आना, तब तक मैं बोगी के टॉयलेट का पानी चेक कर लेता हूँ।

राजेश्वर: मेरी टिकिट... के बारे में... बात...

टी०टी०: जो अत्यंत ज़रूरी हो, वही कार्य पहले करना चाहिए {टी०टी० बोगी से दूसरी बोगी मे जाने का अभिनय करता है... [रेलवे समान बेचने वाला स्टाफ समोसा फेंक देता है] पानी, केवल... पानी... बोलता जाता है...मंच पर अँधेरा होता है।

[नेप्थ्य से मंच पर ट्रेन चलने का संगीत बजता है]

दृश्य–4

[एक लड़का जिसकी उम्र लगभग 20 से 21 साल है ट्रेन के गेट के पास खड़ा है लड़का आते-जाते मुसाफिरों को ध्यान से देख रहा है वह लड़का ऐसा आभास दिखाता है जैसे किसी चीज की चोरी करना चाहता है, इस लड़के का नाम वसीम है... अपनी जेब से मोबाइल फोन निकालता है और बातचीत करना शुरू कर देता है]

वसीम : हैलो–हैलो, मज़ा नहीं आ रहा है, तुम कहाँ हो भाई... तलब लगी है. भेन्चो... नहीं, वैसे तो कोई डर नहीं है पर, रेलवे पुलिस वाले डिब्बे में आते-जाते रहते हैं पकड़े गये तो ₹200 देने पड़ेंगे धुम्रपान वर्जित लिखा है... हैलो, हैलो... नेटवर्क की प्रॉब्लम है... हाँ, कोशिश तो की थी, लेकिन बात बनी नहीं..., 1 मिनट कॉल होल्ड पर रख कोई कबूतर है आ रहा है... भाई ये तो वर्दी वाले हैं, बात बाद में करता हूँ।

[तभी 2 पुलिस के जवान और उनके पीछे राजेश्वर आ जाता है... जहाँ वसीम खड़ा है टॉयलेट के पास राजेश्वर भी खड़ा हो जाता है, लेकिन कुछ बोलता नहीं है]

वसीम: [राजेश्वर से] यहाँ खड़े रहने से खतरा है, 110 की रफ्तार से दौड़ रही है, सिगरेट-विगरेट पीनी है तो अंदर होकर आ जाओ आप, मैं बाहर खड़ा रहूँगा कोई टेंशन नहीं है, यारों के यार हैं अप्पन, मिला ले हाथ वसीम नाम है।

राजेश्वर: जी नहीं, कुछ करना नहीं है, बस स्टेशन आने तक यहीं खड़ा

रहना पड़ेगा।

<table>
<tr><td>वसीम:</td><td>हाँ, भाई [फोन पर], लगता है बात बन सकती है, बंदा है पास में, कह रहा है, वो खड़ा रहेगा लेकिन क्रॉस चेक करता हूँ, चलो रखता हूँ, सुकून मिला तो बात करूँगा। [राजेश्वर से]अरे भाई जाकर अपनी सीट पर बैठ जाओ, किसी ने कोई सजा दी है जो यहाँ खड़े रहोगे?</td></tr>
</table>

राजश्वर: सीट अभी मिली नहीं है, वेटिंग टिकिट है।

वसीम: जुगाड़ नहीं बैठा क्या?

राजेश्वर: जुगाड़ क्या होता है?

वसीम: [जोर से हँसता है]... लगता तो हिंदुस्तान का ही है, जुगाड़ का मतलब नहीं जानता?

राजेश्वर: जी हिंदुस्तान का ही हूँ, और जुगाड़... एक गाड़ी होती है जिसको जनरेटर लगाकर चलाते हैं, अगर आप कभी गाजियाबाद या उत्तर प्रदेश में गये हैं तो आपको जुगाड़ वाली गाड़ी मिल जाती है 5रु॰ सवारी लेता है एक-दो बार उस पर बैठा हूँ, लेकिन कमर में मोच आ गयी थी...

वसीम: [फिर हँसता है]

राजश्वर: मैंने गलत नहीं कहा जो आप इस तरह हँस रहे हैं।

वसीम: हँसने पर भी टैक्स है क्या? मैंने यह नहीं कहा कि आप गलत बोल रहे हो लेकिन आप पक्का मेरा चुतिया काट रहे हो। ऐसी कोई गाड़ी नहीं बनी जो जनरेटर से चलती हो, यह सिर्फ जुगाड़ है और ये हिंदुस्तान में ही पॉसिबल है समझा! पर ये कोई गुमनाम वैज्ञानिक है जिसने जुगाड़ फिट किया, नाम पता चल जाये तो नोबेल प्राइज दिलवा देता उसको, भाईजान मेरा टिकिट कंफर्म है, सीट नंबर 36 लेकिन मैं भी यहाँ जुगाड़ के चक्कर में हूँ, दिमाग बहुत सटका हुआ है बस एक बार अठन्नी की सीटी बज गयी तो सफ़र आराम से कट जायेगा।

टी॰टी॰ से बात नहीं की, रेलवे में कोई रिश्तेदार नहीं है, तत्काल

 वेटिंग टिकिट

टिकिट तो एजेंट आराम से दिला देता है। मेरे फुफू की टिकिट बेचने की एजेंसी है, जब बोलो तब ले लो टिकिट। नंबर लिख ले मेरा।

राजश्वेर: जी, जिस तरीक़े को आप जुगाड़ कह रहे हो, मैंने प्रयास किया था लेकिन टी॰टी॰ साहब टॉयलेट के पानी चेक करने गये हैं। पुष्पा दीदी को शुगर की बीमारी है बार-बार टॉयलेट में आती हैं।

वसीम : और तू मज़े ले रहा है, टॉयलेट के पास आँख सेक रहा है, कैसी है।

राजेश्वर: आप फिर गलत बोल और समझ रहे हैं, मेरी माँ से बड़ी हैं।

वसीम : छोटी होती तो फिर तेरा ताड़ना, गुनाह नहीं होता, वाह भाई, खिलाड़ी है, आगे बोल क्यों आती है बार-बार...

राजेश्वर: जी, समोसे की वजह से पेट में गड़बड़ हो गया है पुष्पा ज़ी का पानी को लेकर झगड़ा हुआ था टी॰टी॰ साहब से, इसीलिए चले गये बेचारे... पता नहीं कहाँ? शायद टेंशन हो गयी होगी! मुझे उन पर भरोसा है जैसे ही कोई सीट मिलेगी वो मेरी टिकिट कन्फ़र्म कर देंगे।

वसीम: कसम से बहुत दिनों बाद आप जैसे आदमी से मुलाकात हुई है सबका खयाल रखा हुआ है, चल छोड़, लगता है मेरा जुगाड़ हो गया, यही बाहर खड़ा रहियो मैं अंदर जा रहा हूँ टॉयलेट में।

राजश्वेर: शायद पानी नहीं है उसमें।

वसीम: पानी नहीं चाहिए... बस खींच के आता हूँ दो-चार मिनट लगेंगे...

राजश्वेर: जी ठीक है जाइए मैं यही खड़ा हूँ, किसी को अंदर नहीं आने दूँगा लेकिन फिर भी सुरक्षा के लिये आप अंदर से चिटकनी लगा लीजिएगा!

वसीम: अरे वाह लगता है अब सिटी बज जायेगी, सुकून पड़ जायेगा
[टॉयलेट के अंदर घुस जाता है]

राजश्वेर: [चुपचाप खड़ा है... ट्रेन चल रही है... लगभग हल्का-हल्का

अँधेरा होने लगा है]

राजेश्वर: [वसीम जो टॉयलेट के अंदर है, उससे पूछता है]... जी क्या अंदर पानी है?

वसीम: बस एक मिनट और रुक जा, बाहर आकर सब बताता हूँ।

राजेश्वर: जी हाँ, आप आराम से आ सकते हैं।

वसीम : [बाहर निकलता है] मज़ा आ गया।

राजश्रेर: जी, आपके मुँह से सिगरेट की बदबू आ रही है।

वसीम: सही पहचाना है, बस चवन्नी का घसीटी है, 7-8 घंटे का सुकून मिलेगा, कुछ देर तेरे पास खड़ा हो जाता हूँ डिब्बे में अभी गया तो बदबू आयेगी, बाकी लोग चिल्लम-चिली करने लगेंगे, मुझे खुद पर शरम आयेगी, पर ज़माना उल्टा चल रहा है, चोरी भी करो और सीनाज़ोरी भी करो। वही कामयाब है।

राजश्रेर: मुझे कोई एतराज नहीं है। आप तो वैसे भी कन्फ़र्म टिकिट पर यात्रा कर रहे हैं।

वसीम: हवा मस्त है, सिर सही घूम रहा है ट्रेन ऐसी लग रही है जैसे हवाई जहाज चल रहा है... कभी सीटी बजाई है जिंदगी में, चिलम पी है... या ऐसे ही जिंदगी... निकाल देगा, यहीं पर खड़ा हुआ... देख मेरी बातों का बुरा मत मानियो, चवन्नी का असर है कुछ देर तो बोलूँगा उसके बाद सपाट, [धीरे से बोलता है]...गांजा खींचा है!

राजेश्वर: जी, कॉलेज के दिनों में, मेरे हॉस्टल में लड़के पिया करते थे, देखा है उन्हें, नशे की आदत बुरी होती है बहुत लोग बर्बाद होते हैं तुम्हारी उम्र अभी बहुत छोटी है कैसे पड़ी आदत... [वसीम थोड़ा डगमता है, राजेश्वर अरे संभल के [उसे पकड़ता है]

वसीम: क्या करोगे जानकर? मेरी सीट पर जा के सो जा, 36 नंबर... बगल में एक टकला सा मोटा आदमी बैठा है। [तभी वसीम ट्रेन के फर्श पर बैठ जाता है] साला जब से बैठा है या तो खा रहा है या फोन घसीट रहा है, किसी कंपनी का सेठ लग रहा है लौंडिया

                                              वेटिंग टिकिट

से मज़े ले रहा है बीबी का फोन आता है तो कह देता है नेटवर्क नहीं आ रहा तुम्हारी आवाज़ नहीं आ रही, गजब है भाई [भाई मजा आ रहा है वैसे तो ज़िंदगी जहन्नूम है मगर कसम से अभी तो जन्नत का मज़ा आ रहा है।

राजेश्वर: ज़िन्दगी से लड़ना चाहिए... हार मानकर... खैर, जब जन्नत से वापस आ जाओ तो अपनी सीट पर चले जाना टी॰टी॰ साहब आ रहे होंगे, मेरा वेटिंग शायद कन्फ़र्म हो जायेगा... फिर आपको नशा भी है, ट्रेन से गिर भी सकते हो।

वसीम: हाँ, नशा तो है, गिरूँगा की नहीं, ये नहीं पता। देख तू सीधा आदमी है।

राजेश्वर: वसूल पर चलता हूँ। जब तक आप सहन कर सकते हैं सह लो... कुछ समय में ट्रेन मथुरा पहुँच जायेगी।

वसीम: फिर तो पूरी रात यहीं इसी टॉयलेट के पास खड़ा रह जायेगा, चल तेरी मर्ज़ी चलता रह अपने वसूल पर।

राजेश्वर: उम्र बहुत छोटी है पर बातें बड़ी सुलझी हुई करते हो।

वसीम: अब्बू बताते हैं देश के दो टुकड़े हुए थे। जब गोरे हिंदुस्तान छोड़ गये। अब्बू ने सारे रिश्तेदार छोड़ दिये, वसूल वाले थे तेरी तरह। ज़मीन, घर, दौलत यहाँ तक चलती दुकान छोड़ कर हिंदुस्तान चले आये। अब कुछ नहीं है पास में, कारीगिरी बंद है, कोई नहीं आता झाँकने... बस जो यहाँ रिश्ते वाले हैं ईद पर मिलते हैं। मामू को लाने जा रहा हूँ। मामूजान को कोई मोतिया की बीमारी है आँख से कम दिखता है।

राजेश्वर: मामू मतलब मामा के घर।

वसीम : हाँ, अम्मी के भाईजान, अम्मी की तबीयत अब ठीक नहीं रहती, मामू को याद करती है बस बोलती है, मामू को बुला ले वसीम, कब रुखसत हो जाऊँ दुनिया से, मिलने की ख्वाहिश है। अब्बा दूसरे निकाह के चक्कर में लगे हैं।भेन्चो चार भाई पैदा कर दिये... अम्मी अब हसीन नहीं दिखती ऊपर से बीमार अब अब्बू के

मतलब की नहीं रह गयी अम्मी! अब्बू को सेक्स की तलब भोत लगती है फड़-फड़ाता रहता है, आँख में काज़ल और इतर लगा के ही घर से निकलता है खाने को जुगाड़ नहीं, नयी अम्मी लाने को सोच रहा है।

राजेश्वर: पढ़ाई की है तुमने, नौकरी की कोशिश... मेरा मतलब...

वसीम :   नवीं जमात... में छोड़ दी।

राजेश्वर: पैसे की कमी थी, समझ सकता हूँ... बहुत लोगों के हालत ही जिम्मेदार होते हैं।

वसीम :   नहीं... मौलवी साहब की लंबी छड़ी ने छुड़वा दी... पूरी रात सबक याद करता... लेकिन मौलवी साहब के सामने पड़ी छड़ी देख वो भी लंबी और तेल पिला कर रखते थे, हर लौंडे को पेलते थे, वो भी बिना गिनती के, बस जैसे ही बुलाते आ जा वसीम तेरी बारी है, मेरी नज़र छड़ी पर पड़ती। आँख के आगे अँधेरा और, दिमाग में सन्नाटा छा जाता सारा सबक भूल जाता... भोत कोशिश की... पर खौफ़ भेजे में बैठ गया मौलवी साहब सबक पूछते और मैं चुप रह जाता वो शुरू हो जाते दनादन-दनादन, गिनते भी नहीं थे कि कित्ती पेल दी बस घर से अम्मी के कहने से निकल जाता, मदरसे जाने के लिये, पर पहुँच जाता खेलने-कूदने, बन्द कर दिया मदरसा जाना। फिर दो-चार दोस्त और मिल गये, ज़मील जावेद, अरुण ,दीपक और मैं, सफ़ीक़ भाई कभी तालाब पर, कभी आम के बाग में ले जाते! सफीक भाई उम्र में बड़े थे हम सब से। सफ़ीक़ भाई ने ही सीटी बजानी सिखा दी।

राजेश्वर: वो कैसे?

वसीम :   मैंने नशा चखा था, बहुत दूर के रिश्तेदार के निकाह में गया था खूब गोस्त खाया और पहली बार दारू, वैसे नशा करना हराम है। सफ़ीक़ भाई, सकून के लिये गाँजा पीते थे, एक दिन मेरा भेजा बहोत ख़राब था, अम्मी और अब्बू में टेंशनबाजी हो गयी, अब्बू ने तलाक़ की धमकी दे दी अम्मी का चिल्लाना शुरू हो गया, मेरे

                                        वेटिंग टिकिट

को बहोत टेंशन हो गयी बस सफ़ीक़ भाई की मोटर गैरज़ पर चला गया, सुकून मिलता था। मुझे सुबह-सुबह देखकर बोले... टेंशनबाजी फिर हो गयी, सब स्टोरी जानते थे। अंदर ले गये, बस सुलगा दी, बोले ले खींच... हाथ काँप रहे थे मेरे, मैंने कहा हराम है सफ़ीक़ भाई। झट से बोले, बहोत कीमती है, हर कश में रूपल्ली लगती है... मैंने खींची, कुछ नहीं हुआ, मैं बोला, सफ़ीक़ भाई मुझे नशा नहीं होता, दारु से भी बस दो मिनट ही घूमा था। सफ़ीक़ भाई बोले बस खींच, ज़रा लम्बी खींच जैसे ही तेरी साँस से सीटी की आवाज निकलने लगे तब तक खींचता जा, मैं खींचता गया और सीटी बजने लगी... ज़मीन और आसमान सब घूमने लगा उस दिन पता चला नशा क्या होता है पर सकून ऐसा मिला कई दिन तो होश ही नहीं रहा। और अब आदत है... ऊपर से डराईवर की ड्यूटी। अब मैं कैब चलाता हूँ।

राजश्रेर:	और वो हराम वाली बात दिमाग़ में नहीं आती?

वसीम :	दुनिया बदल गयी है, सब करते हैं, कौन पूछता, पढ़ने-लिखने से कौम में बहुत बदलाव की हवा है।

राजश्रेर:	सरकार ने सोचा है, अब बच्चों को स्कूल में टीचर मारते नहीं हैं... प्रतिबंध है।

वसीम:	सरकार जागती है लेकिन बहोत देर से...

वसीम:	चल जरा अंदर हो के आता हूँ। दो कश घसीट के आता हूँ [टॉयलेट के अंदर घुस जाता है]

राजेश्वरः	[चुपचाप]... यात्री एक बोगी से दूसरे डिब्बे में आ जा रहे हैं। [तभी एक आदमी और एक औरत गाते हुए आते हैं, हारमोनियम और घुँघरू उनके हाथ में है]

गीत [विरह संगीत]

झूम के बरस बदरा रे... आज मेरे खेत को खतरा रे।

पानी बिन कुछ उगता नहीं... नदिया पानी देत नहीं।

लड़की की गौना होवत नाहीं। हमरी अँखियाँ सोवत नाहीं।

कह सुनकर हारे रे। अब कहाँ जाये रे...

बरस-बरस रे बदरा रे। बरस-बरस रे बदरा रे।

खेत कभी हरा रहा रे। मेला झूला।लगा रहा रे।

झूम के बरस बदरा रे... आज मेरे खेत को है खतरा रे।

सूखी माटी रोवत रे... बँदू-बँदू को तरसे रे

तू ही हमरी आस है रे। मत करहिए निराश रे।

पानी अब है न आँख में रे। रोटी दे मेरे हाथ में रे...

खुद को मारा। और मरेंगे... खेती अगले बरस हम न करेंगे।

तू आज ज़ोर से उमड़ा रे। उम्मीद से दिल भर गया रे।

झूम के बरस बदरा रे... आज मेरे खेत को है खतरा रे।

[दोनों गायक हाथ फैलाकर लोगों से पैसे माँगने का अभिनय करते हैं]

राजेश्वर:	गेट से थोड़ा बाहर झाँकता है तभी चीसू आता है।
चीसू:	अरे अभी तक यहीं खड़े हो, सीट नहीं मिली, उकता गया था बैठे-बैठे।
राजेश्वर:	और मैं खड़े-खड़े।
चीसू:	अब ट्रेन मे मज़ा नहीं आता, अदंर से कुछ नहीं दिखता, न आम के बगीचे, न लहलाते खेत बस पूरे सफ़र में झोपड़े और गन्दा बदबूदार पानी।
राजश्वेर:	[कुछ नहीं बोलता] जी कह तो ठीक रहें हैं
चीसू:	झूम के बरस बदरा रे.... आज मेरे खेत को है ख़तरा रे सुना तुमने ये गीत नहीं, सच्चाई है, सब कुछ ख़त्म हो रहा है। कितनी भयभीत करती है इनकी आवाज़, जो सारा दिन खेत मे खड़े होकर अन्नपूर्णा देवी की आराधना करते पूरे देश का पेट भरते थे, आज ख़ुद रोटी माँग रहे हैं। तीन बरस से पानी नहीं बरसा, सूखे पड़े हैं खेत। जहाँ से मैं इस गाड़ी मैं बैठा हूँ यही सोच रहा हूँ, शेर और जंगली जानवर की रक्षा के लिये शिकार प्रतिबंधित

वेटिंग टिकिट

है, क्योंकि ओ प्रजाति विलुप्त हो रही हैं। लेकिन किसान और खेती दोनों विलुप्त हो चुकी हैं, कहीं कोई सोचता ही नहीं, किसी को आत्महत्या के लिये उकसाना क़ानूनी किताबों मे जुर्म है, पिछले कई सालों में कितनी आत्महत्या हो चुकी है, पर किसी को कोई सज़ा नहीं। खुद को मारा और मरेंगे... खेती अगले बरस हम न करेंगे।

राजेश्वर: [सिर्फ] मूक दर्शक की तरह उसको सुनता है।

घीसू :   अरे आपको तो घर पहुँचने की जल्दी है, ये तो चिंतन का विषय है। आप की खामोशी सब कुछ कह रही है। चाय पियोगे, मन कर रहा है [तभी रेलवे कर्मचारी, चाय-चाय] सुन भाई दो चाय दे।

[मंच पर अँधेरा होता है]

दृश्य-5

[टी॰टी॰ का प्रवेश बोगी में होता है, राजेश्वर टॉयलेट के पास खड़ा है, वो टी॰टी॰ को उम्मीद से देखता है]

राजेश्वर: टी॰टी॰ सर।

टी॰टी॰ :   अच्छा, टी॰टी॰ साहब से सर बन गया, जब तक वेटिंग में सफर कर रहे हो तब तक रेलवे का मंत्री तक बना दोगे।

राजश्वेर: नहीं, टी॰टी॰ साहब, वैसे ही आदत में सर बोलना शुमार है, पहले कॉलेज में और फिर प्राइवेट नौकरी करते-करते... क्या मेरी... टिकिट कन्फ़र्म हो जायेगी? चेकिंग से पता चला होगा की सीट खाली है, सीट मिल जाती तो मैं थोड़ा आराम कर लेता।

टी॰टी॰ :   अभी चेकिंग सिर्फ टोयलेट्स की ही की है, सात बोगी मेरे पास है, सब में पानी है, पानी तो इसमें भी था। नल की समस्या थी [तभी पुष्पा दीदी और एक अन्य औरत टॉयलेट की तरफ आ रही है, टी॰टी॰ की नज़र पड़ती है घबराहट में भागते हुए]

टी॰टी॰ :   देखो, अगला स्टेशन आने वाला है। अर्जेंट चेकिंग करनी पड़ेगी, हो सकता हो कोई बिना टिकिट उतर जाये [सरपट भागता है]

राजेश्वर: इस बोगी के टिकिट चेक कर लो पहले, शायद कोई सीट खाली मिल जाये।

टी॰टी॰ :   हर सीट पर आदमी बैठा है [भागते-भागते...], मुझे मत बताओ मेरी ड्यूटी [पुष्पा दीदी, बिलकुल सामने आ जाती हैं, टी॰टी॰ अपनी दिशा बदल कर निकल जाता है।

                                              वेटिंग टिकिट

पुष्पा दीदी : अरे संतोषी, का... गलती हो गयी, एक समोसा खाने की इतनी
बड़ी सज़ा [पेट पकड़ कर चलती है]

संतोषी : अरे दीदी, तुम भी तो गपागप खाय ली, तनी संतोष कर लेती
दिल्ली उतर कर खा लेती, सुबह तक गड़िया दिल्ली लगा देती है,
पिछली बार भी तो गये थे योगा दिवस पर, राजपथ पर।

पुष्पा दीदी : अरी हमरी जुबान पर फुल्ल कंट्रोल है... थोड़ा दिमाग तेज़ी से
चल गया।

संतोषी : नहीं, पेट चल गया है तुमरा और कहीं गड़बड़ नहीं है, तकलीफ में
अनाप... सनाप बोलत होऊ। चलो संभालकर। दो क़दम और है
टॉयलेट... कौनों गड़बड़ इहाँ मत करना...

पुष्पा दीदी : जानत हैं, पेट ही गड़बड़ है। सच बतायें, पिछली बार योगा दिवस
पर, रमाकांत भैया बोल दिये थे, खाली पेट पहुँचना है राजपथ पर,
नहीं तो योगा करने में दिक़्क़त आयेगी इसलिये नहीं खाये, समोसा
तो उस बार भी ट्रेनवा में बीकत रहे।

संतोषी : ओह तो.. तो ससुर रमाकांत कहे तुमसे समागम मे समोसा खा के
आना। देखो सच बतलाओ.. [झगड़ने लगती है]

पुष्पा दीदी : नाहीं हम टीवी पर ख़ुद ही देखे थे बाबा जी का समागम।

संतोषी : ऊ तो हम भी देखे हैं... रसमी, छाया, शांति सभी साथ में देखे,
कौनों नाहीं खाये समोसा।

पुष्पा दीदी : अरे बाबा जी, अपने भक्तन से समागम में सवाल पूछते हैं
और वही पूछते हैं जो तुम देखकर भी नहीं खाते और किरपा
अगले समागम तक नहीं मिलती, जैसे की तुम गली के नुक्कड़
पर गोलगप्पा खाये... छत में सर्दी पर बिना कंबल के सोये। बस
ई समोसा देख हमार दिमाग क्लिक कर गया बाबा हमसे पूछेंगे
जिस ट्रेन से आये हो उसमें समोसा बिक रहा था तुमने खाया कि
नहीं, हम तपाक से कहेंगे खाया था और पहली बार में ही किरपा
आनी शुरू हो जायेगी।

संतोषी : झटक कर पुष्पा दीदी का हाथ छोड़ देती है... अभी आये... तब

तक होल्ड करना, गीला और पीला ना हो जाये अगवाड़ा और पिछवाड़ा... दुसर साड़ी नहीं है।

पुष्पा दीदी : पर अचानक का भया...

संतोषी : समोसा वाले को ढूँढ लूँ हमें भी पहले राउंड मे बाबा की किरपा चाहिए।

{मंच पर अँधेरा होता है, राजेश्वर: [चुपचाप]... यात्री एक बोगी से दूसरे डिब्बे में आ जा रहे हैं। नेथ्य से मंच पर ट्रेन चलने का संगीत बजता है]

<h1 align="center">दृश्य-6</h1>

[बोगी के अंदर के दस-बारह लोग बैठे हैं, उनके हाथ मे रंग-बिरंगे झंडे हैं, जो कई राजनतिक दलों के रंगों से मिलते हैं लेकिन किसी भी दल का चुनाव चिन्ह नहीं है, एक व्यक्ति सबसे बीच में खड़ा है]

व्यक्ति:   [नारे लगवा रहा है]

हर हाल में,

इस साल में,

बड़ी है महँगाई,

लोगों ने जान गवाई

सब लिप्त हैं भ्रष्टाचार में,

मर गयी जनता बेकार में,

पलट देंगे अबकी बार,

लायेंगे नयी सरकार...

रामभार सिंह: इतनी कविता पढ़ रहे हो, दुई लाइन का नारा बनाओ, अगर ई कॉन्ट्रैक्ट हम लिये होते तो चार लाइन ही लिखते। विधायक जी खुश हो जाते...

व्यक्ति   [इसका नाम चालू चचा है] तुम क्रिएटिविटी नहीं समझते विधायक जी इसी क्रिएटिविटी के चलते इस साल ई कॉन्ट्रैक्ट हमें दिये हैं, तुम पिछले इलैक्शन में ज़मानत ज़ब्त करा दिये थे विधायक जी की। अब हम कैप्टन हैं जैसा बोलेंगे वैसा ही करना

और बोलना पड़ेगा। जो स्क्रीप्ट दी जायेगी वो ही बोलना है नो ईंप्रोविजेसन।

रामभार सिंह : लेकिन बीस साल में पहली बार हरवाये थे। तीन पार्टी के लिये नारे लगाये थे पिछली बार, प्रैक्टिस का टाइम ठीक से नहीं मिला था ओनली चांस ऑफ़ मिसमैनेजमेंट!

चालू चचा:   नो एक्सक्यूज़ प्लीज, न्यू टीम, न्यू कैप्टेन।

रामभार :   अच्छा तुम्हीं कैप्टन हो। पैसा एडवांस में चाहिए।

चालू चचा:   देखो तुम, बढ़ा गये हो, आवाज़ में दम नहीं रहा, रामभार चाहे तो अगले स्टेशन पर उतर जाओ। तीन लोग गाँव से ऑलरेडी दिल्ली में।

यात्री चार: चाय पिलवा दो, एनर्जी आ जायेगी।

चालू चचा:   [बिना कुछ बोले घूरता है]...

यात्री चार: कोई बात नहीं, अभी रोज़ा रख लेता हूँ, हो सकता राजपथ पर रोज़ा दिवस में भाग लेने का कान्ट्रैक्ट मिले, बिज़नस में फ्यूचर पर पैनी नज़र होनी चाहिए!

चालू चचा:   नैक्सट।

यात्री पाँच: कैर सिंह... आल राउंडर... विद एक्सट्रा एक्सपिरियंस ऑफ "सेवा परबन्धक कमेटी चुनाव।"

चालू चचा:   तुम नारे लगवाना...

यात्री पाँच: ओके जी।

चालू चचा:   चलो टी ब्रेक, बाकी प्रैक्टिस बाद में... [ट्रेन स्टाफ केवल चाय लेकर पहुँचता है] चाय... चाय... चाय...

बबलू:   खाली चाय, समोसा नहीं बना है?

ट्रेन स्टाफ: धीमे बोलें ज़रा, समोसा नहीं बन रहा, खाली स्पेशल ऑर्डर पर तैयार है। दीदी के चक्कर में टी॰टी॰ ने बैन कर दिया है...

यात्री बबलू:   चालू चचा बोलो न, समोसा में जान अटकी है, चालू चचा ज़िंदाबाद।

सभी यात्री: जिंदाबाद, जिंदाबाद, जिंदाबाद...

[तभी पुष्पा दीदी डिब्बे में चलती हुई आती हैं]

पुष्पा दीदी: जरा चाय दे, कब से तेरी राह देख रही थी।

[ट्रेन स्टाफ चाय का कंटेनर वहीं रखकर भाग खड़ा होता है।]

पुष्पा दीदी: अरे इसका पेट खराब हो गया, नहीं रोक पाया प्रैशर को आते हुए, हम से ज्यादा कौन समझ सकता है। [आगे बढ़ जाती हैं]

चालू चचा: चलो प्रैक्टिस शुरू करो। पहली लाइन हम बोलेंगे फिर सब रिपीट करेंगे। एनर्जी फुल, और हाँ बबलू तुम जूता फेंकोगे जैसे ही इशारा होगा।

बबलू: जी चाचा, हम गुलेल से प्रैक्टिस किये थे, निशाना नहीं चूकेगा, लेकिन वो तो केवल विपक्ष वाली रैली में ही काम आती है। पर ई कॉन्ट्रैक्ट तो विपक्ष की रैली में मिलता है! कौनो कन्फ़्यूजन तो नहीं?

चालू चचा: अबे अब रूलिंग पार्टी वाले का पैकेज बड़ा होता है, हम कोई देशभक्त नहीं है, पापी पेट का सवाल है। पैसा फेंक तमाशा देख...

हर हाल में,

सभी एक साथ। [हर हाल में,]

इस साल मैं,

इस साल मैं,

बड़ी है महँगाई,

बड़ी है महँगाई,

लोगों ने जान गवाई

लोगों ने जान गवाई

सब लिप्त हैं भ्रष्टाचार में,

सब लिप्त हैं भ्रष्टाचार में,

मर गयी जनता बेकार में,

कुंजबिहारी श्रीवास्तव   **37**

[बबलू जूता मारता है सीधे चालू चचा के मुँह पर लगता है]

चालू चचा: [मुँह रगड़ता है] बहुत बढ़िया, अब आपलोग रोटी खा सकते हैं।

बबलू: चाचा, ये तो धोखा है, धोखा है।

चालू चचा: चुप गांडु, ई नारा इस रैली में नहीं लगेगा।

बबलू: नारा नहीं आप बोले थे, रात में पुरी और सब्जी मिलेगी, अब कह रहें हैं, रोटी खा लो। नहीं, ई तो बरदाश्त के बाहर है, हम अगले स्टेशन पर उतर जायेंगे।

चालू चचा: ब्लैक मेल नहीं करो बबलू पार्टी की इस रैली में जूता फेंकना है, इसलिये तुम्हारा सेलेक्शन किये थे वरना...

बबलू: डिमांड है हमरी, पूरे-पूरे दिन गुलेल से निशाना लगा के प्रैक्टिस किये, कौनों एहसान नहीं है अप्रोच नहीं लगाये, टैलेंट पर सेलेक्ट हुए हैं चचा और बहुत लोग हैं जो हमें कान्टैक्ट कर रहे हैं, नेता पर जूता फेंकना है "जान-बूझकर खुद पर फिकवाना बहुत टेढ़ी है समझे"। फ्लॉप रैली की भी हर चैनल कवरेज दिखाती है। पूरी-सब्ज़ी मँगवा दो, वरना अगले स्टेशन पर उतर जायेंगे।

चालू चचा: ट्रेन में पुरी कहाँ से लाऊँ... इंटरनेट कनक्शैन भी नहीं आ रहा...

बबलू: चचा हमरे फुनवा में है... पर इंटरनेट से पूरी सब्ज़ी नहीं आती...

चालू चचा: अबे ट्वीट करना है मंत्री जी को [फोन पर टाइप करता है] पूरी-सब्ज़ी खानी है बबलू को बोगी नंबर एस-4 [ट्वीट]

[चचा मोबाइल फोन पर ट्वीट करने का अभिनय करते हैं मंच पर प्रकाश मंद हो जाता है]

वेटिंग टिकिट

दृश्य-7

[बोगी एस-4 में कुछ बच्चों का ग्रुप बैठा है, इस ग्रुप में 20 से 24 वर्ष की आयु के लड़के-लड़कियाँ हैं चार लड़के और चार लड़कियाँ हैं, किसी शोध के छात्र हैं]

स्वरा:	[हैडफोन कान में है] [गुनगुनाती है, दुनिया बनाने वाले, क्या तेरे मन मे समाई, काहे को दुनिया बनाई] [तीसरी कसम फिल्म का ये गाना अब मुकेश की आवाज में मंच पर सुनाई देता है] मंच पर गाना बज रहा है [श्रीकांत और सबीना व दो दूसरे छात्र-छात्रा आमने-सामने बैठे हैं]
स्वरा:	[हैड फोन रखके] चलो सब गेट पर चलते हैं [श्रीकांत और सबीना को छोड़ बाकी छात्र-छात्रा गेट पर जाने का अभिनय करते हैं]
श्रीकांत:	सबीना, अब तक अपने घर वालों की बातों का विचार कर रही हो।
सबीना:	[चुप रहती है]
श्रीकांत :	देखो हम बच्चे नहीं हैं, अगर नहीं मानेंगे तो और बहुत से रास्ते हैं।
सबीना:	[चुप रहती है]
श्रीकांत :	दो लोग प्यार करें, इसमें बाकी को एतराज क्यों? तुम डरती हो समाज से... हिम्मत नहीं थी सबीना तो क्यों

किया प्यार? इंसान ने ही मज़हब बनाये हैं। मैं पंडित और तुम ख़ान, मेरा धर्म हिन्दू और तुम्हारा इस्लाम... न तो भगवान ने मुझे हिन्दू बनाकर भेज़ा और न तुम्हें मुसलमान, वो हिन्दू का घर है जहाँ मैं पैदा हो गया। जिसने मुझे श्रीकांत बनाया और तुम्हें सबीना ख़ान बनाया। जिस घर में तुम पैदा हुई, भगवान को अल्लाह को और विज्ञान को, जिसको भी मानो सबने एक जिस्म देकर भेजा है वो है हड्डी और रक्त से बना ये माँस का पुतला, जिसमें रहता है एक धड़कने वाला दिल जो दिमाग के कहने पर एक-दूसरे से दोस्ती करवाता है और फिर धर्म के ठेकेदारों और समाज की भाषा में उसे प्यार कहते हैं। जबकि प्यार केवल दो लोगों के बीच आपसी समझ है जब वो शादी में बदल जाता है, तो प्रेम विवाह कहलता है और शादी के बंधन में नहीं बँधते वो केवल दोस्त कहलाते हैं दोस्ती में कोई विरोध नहीं लेकिन दो धर्मों के बीच शादी को समाज को स्वीकार नहीं करता। हाँ, पर दो धर्म के लोग आपस में दोस्ती निभा सकते हैं। दोस्त बना सकते हैं। हिन्दू-मुस्लिम एकता, सर्वधर्म सम्मेलन हो सकता है और समाज जिससे तुम डर रही हो खुलेआम एकता का नाम पर छाती ठोकता है...

सबीना:	[चुप है]
श्रीकांत:	[चुप हो जाता है] मंच पर वही गीत तेज बजने लगता है]
सबीना और श्रीकांत:	[एक-दूसरे का हाथ पकड़ लेते हैं और अब अगल-बगल बैठ जाते हैं, और केवल एक-दूसरे को देखते जाते हैं, ट्रेन अपनी गति से चलती है]
सबीना:	शायद तुम सही हो [नेप्थ्य से मंच पर गीत का लाइन तू भी तो तड़पा होगा दिल को बनाके] तुम सही रूप से

शोध के छात्र हो।

श्रीकांत: [केवल मुस्कराता है] अच्छा तुम एक बार और प्रयास करो। भय सबसे बड़ा दुर्गुण है, एक बार मन में समा गया तो समझ लो इंसान केवल अपने मरने का इंतज़ार करता है, जीवन जीने के लिये मिला, मृत्यु के इंतज़ार के लिये नहीं...

सबीना: जानती हूँ, भूल भी नहीं सकती तुम्हें पर बेबस भी हूँ, अपना भी नहीं सकती। रवीन्द्र दा, गीताजंली की कविता हमने एक साथ पढ़ी थी, तब नहीं समझ पायी थी, पर आज मेरे मानस पटल पर कौंध रही है...

ऐसी शक्ति कहाँ जो ढो लूँ

अमित तुम्हारा प्यार,

इसीलिए दुनिया में अपने

मेरे बीच अपार देव

दयापूर्वक ही तुमने

रक्खा है व्यवधान

सुख के दुख के जाल घनेरे धन-जन वैभव मान

आड़-ओट से पल-पल जिसकी खिलाते हो झाँकी

सघन श्याम घन बीच सूर्य की रश्मि-रेख बाकी

ढोने का बल देते जिसको

अमित प्यार का भार

उसके जीवन से सब पर्दा लेते तुरंत उतार।

घर की छाया तक न छोड़ते

धन सब लेते छीन

बना छोड़ते उसे भिखारी पथ का संबलहीन।

फिर न उसे होता लज्जा भय

मान और अपमान

मात्र तुम्हीं बन जाते सर्वस्व जग में एक निदान।

एक तुम्हीं जिसकी आँखों का सपना

दिल का ध्यान

जो तुमसे ही रखता परिपूरित कर अपने प्राण।

सीमा कहाँ लोभ की उसके

जिसे मिला वह भाग

तुम्हें बसा लेने को हिय में देता सर्वस्व त्याग।

[श्रीकांत के कंधे पर अपना सिर रखती है, सुबकने की आवाज आती है]

[नेप्थ्य से मंच पर गीत का लाइन तू भी तो तड़पा होगा दिल को बनाके]

श्रीकांत: [गीतांजली की कविता पढ़ता है]

धरे रहो धीरज मत छोड़ो

होगी जय निश्चय।

फटा जा रहा सघन अँधेरा

अरे न, अब कुछ भय।

होगी जय निश्चय।

देख, उधर पूरब सुभाल में

गहन विपिन अंतराल में

होता शुक्र उदय।

अरे, न अब कुछ भय।

होगी जय निश्चय।

ये सारे हैं केवल निशिचर

अविश्वास सब अपने ऊपर

वेटिंग टिकिट

ये प्रभात के नहीं, निराशा
आलस और संशय।
दौड़ निकल आ घर से बाहर
देख, हो रहा सिर के ऊपर
अंबर ज्योतिर्मय।
अरे, न अब कुछ भय
होगी जय निश्चय।
[नेथ्यय से मंच पर गीत की लाइन [तू भी तो तड़पा होगा
दिल को बनाके] बजता है! धीरे-धीरे मंच पर प्रकाश
बंद होता है।

दृश्य–8

[ट्रेन के टॉयलेट के पास राजेश्वर और स्वरा एवं अन्य दोस्त खड़े हैं]

टी॰टी॰:   [प्रवेश करते हुए] पता नहीं, राहू-केतू का क्या बिगाड़ा था,
               सारे बुद्धिजीवी इसी ट्रेन में बैठे हैं।

स्वरा:   आपका मेडिकल नहीं हुआ था? हम खड़े हैं। आँखों का
               चेकप आखिरी बार कब करवाया था।

टी॰टी॰:   अभी टॉयलेट का पानी चेक किया है, अगर घर पे ठीक-
               ठाक पहुँच गया तो सारे शरीर का चेकप करवा लूँगा।

स्वरा:   टॉयलेट का पानी.....

राजेश्वर: टी॰टी॰ साहब, कोई सीट खाली मिली क्या? अब तो कई
               यात्री उतर चुके हैं।

टी॰टी॰:   अबे यार, शनि मत चढ़ा, उतरे हैं तो [गुस्से] चढ़े भी हैं,
               लगातार चेकिंग कर रहा हूँ, एहसान नहीं मान रहा कि
               वेटिंग टिकिट पर भी उतारा नहीं, अबकि बार पूछा तो अगले
               स्टेशन पर उतार दूँगा।

राजेश्वर: [सहम जाता है] [तभी चाय वाला बोगी में प्रवेश करता है]

चायवाला:   चाय... समोसा...

टी॰टी॰:   अबे जा यहाँ से, पुष्पा दीदी बैठी हैं, पूछ ले वरना तेरी
               नौकरी भी खतरे में हो जायेगी।

चायवाला:   चाय का बर्तन छोड़कर वापस चला [भाग] जाता है।

टी॰टी॰:   अबे सुन।

स्वरा:   खाली पुष्पा कह देते तो चला जाता चाय देने, आपने दीदी
               जोड़ दिया, अभी तो वो जवान है इसीलिए भाग गया।

टी॰टी॰:   ऑन ड्यूटि मैं राजेश खन्ना नहीं बन सकता।

स्वरा:   आपको कैसे पता, ये राजेश खन्ना का कॉपीराइट नाम है
               "पुष्पा"

टी॰टी॰:   अमर-प्रेम, पचास बार देखी है... "पुष्पा आई हेट टीयर्स",
               कुछ तो लोग कहेंगे लोगों का काम है कहना।

स्वरा:   वाह, वॉट ए रोमांटिक टी॰टी॰। लव यू यार...

टी॰टी॰:   घुस गया सारा रोमांस इस रेलवे की नौकरी में... आप लोगों
               के पास टिकिट है या खाली फोकट?

स्वरा:   कन्फर्म टिकिट है, हमारा दोस्त बैठा है सीट पर देख लेना
               जाकर।

टी॰टी॰:   अच्छा ठीक है, यहाँ खड़े होकर यात्रा करना मना है... अगर
               कोई दुर्घटना हुई तो मेरे टिएर्स निकल जायेंगे, ज़िंदगी भर
               रेलवे की इन्क्वाइरी झेलनी पड़ेगी। तू वेटिंग टिकिट, जा
               टॉयलेट के अंदर घुस जा, अगले स्टेशन पर दस लोग चढ़ेंगे,
               दस उतरेंगे। धक्का-मुक्की होगी। यात्रियों को असुविधा का
               सामना न करना पड़े। समझ गया। [तभी पुष्पा दीदी एक
               अन्य औरत के साथ आती हुई दिखती है। टी॰टी॰ पुष्पा
               दीदी को देखते ही चिल्लाते हुए बोलने लगता है और अगली
               बोगी में घुस जाता है]

टी॰टी॰:   सब ठीक है, सब जगह पानी भरा है, समोसे की बिक्री बंद
               है, टॉयलेट में पिछवाड़ा धोने के लिये डिब्बे चैन से खोल दिये
               गये हैं, भारतीय रेल आपकी है, आपकी सुविधा और सुखद
               यात्रा हमारी ड्यूटी है... [बोलता... बोलता तेज़ी से निकल
               जाता है]।

स्वरा:   खोपड़ी सरकी है टी॰टी॰ की, लेकिन भाग क्यों गया?

राजेश्वर: पुष्पा दीदी आ रही हैं, उनकी तबीयत ख़राब है।

स्वरा:	तुम सबके नाम कैसे जानते हो?
राजेश्वर:	जी काफ़ी देर से यहीं खड़ा हूँ, कई बार आ चुकी हैं, शायद पेट ख़राब हो गया है।
स्वरा:	ठीक है, वैसे अगर चाहो तो हमारे साथ हमारी सीट पर एडजस्ट हो सकते हो। हमलोग सब साथ जा रहे हैं, शोध के छात्र एवं छात्रा हैं।
राजेश्वर:	धन्यवाद, अगर जरूरत महसूस हुई तो, आपलोग कौन से सीट पर हैं?
स्वरा:	एकदम लास्ट में, 60 से 68, अमन, गणेश, लेट्स गो, चलो यार ठंड लग रही है सीट पर चलते हैं, वैसे भी भीड़ हो सकती है, सुना नहीं टी०टी० बोल गया है।
स्वरा:	अबे कान से हैडफ़ोन निकालो। [अब पुष्पा दीदी टॉयलेट के पास पहुँच चुकी है, भगवती [महिला सहयात्री उन्हें सहारा देकर ला रही है, हाथ में पानी की बोतल है]
भगवती:	दीदी, आप इतनी कस्ट में हैं हम बहुत दुखी हैं [स्वरा से], ए लड़की ज़रा बगल हटो, दीदी की तबीयत ख़राब है, टॉयलेट जाना है।
स्वरा:	इतना रास्ता है, निकल जायेंगी।
भगवती:	का होगा दीदी इस देश का, तड़क के जबाब दे रही है।
पुष्पा दीदी :	चुप हो जा भगवती, अंदर घुसे से पहिले टेंशन हो जाती है, इसको तो हम बाहर निकल कर निपट लेंगे, न जाने कब दिल्ली पहुँचेगी, डराईवर बहुत धीरे चला रहा है ट्रेन।
राजेश्वर:	जी, टेंशन मत लीजिए, टी०टी० साहब पानी चेक कर चुके हैं।
पुष्पा दीदी:	जा भगवती हम यहीं खड़े हैं देख के आ पानी आ रहा है कि नहीं।
भगवती :	जी दीदी।

पुष्पा दीदी: अरे कौनों मिस्टेक मत करना ऊपर और नीचे दोनों नल ठीक से जाँच लेना है।

राजेश्वर: टी॰टी॰ साहब ने आपकी सुविधा के लिये निपटने के बाद धोने वाले डिब्बे को चैन से अलग कर दिया है [राजेश्वर सारी बातें गंभीर होकर ही दे रहा है]

भगवती: जो अपनी आँख से देखो उसी पर विश्वास करो, बाबा जी हरिद्वार वाले गीता समागम में बोले थे, सोलह आने सच, हम तो...

पुष्पा दीदी : बस अगर और देर करेगी भगवती तो सब यहीं हो जायेगा अंदर चेकिंग की जरूरत नहीं पड़ेगी।

भगवती : [गुस्से में] दीदी, हम नहीं बोले थे, आपकी जुबान ही तड़प रही समोसा खाने को, पकड़ो पानी की बोतल, जाते हैं। [भगवती टॉयलेट में घुस जाती है]

पुष्पा दीदी: [मन में बोलती है] अगर समोसा खाने राज़ पता चल जायेगा तो ये भी संतोषी की तरह गायब हो जायेगी। [थोड़ा सा असंतुलित होती है] अरे.....

स्वरा: [एकदम तेजी से पुष्पा दीदी को पकड़ लेती है] जी माता जी संभल कर।

पुष्पा दीदी: माता तो तू लग रही है, अभी 20 की भी नहीं है, पोडर लगा के कोई जवान नहीं होता !

स्वरा: जी आपके बाल सफ़ेद हैं न इसलिये थोड़ा चूक गयी दीदी, [भोलेपन से] नहीं पुष्पा।

पुष्पा दीदी : सुनती नहीं टीवी पर, बाल सफ़ेद होने के कारण, एक ही बाबा बताते हैं, अधिकतर सिर में लगाने वाले तेल में हानिकारक तत्व पाये जाते हैं [भोलेपन से] हम सालों से इस्तेमाल किये जा रहे हैं उसी का असर है।

स्वरा: पुष्पा समझ गयी, आपकी तबीयत ख़राब कैसे हो गयी जब आप बालों और खाने-पीने के विज्ञापन देखकर अपडेट

रहती हैं....

<table>
<tr><td>पुष्पा:</td><td>[धीमे से] समोसा खा लिये, जरा गड़बड़ कर दिया।</td></tr>
</table>

पुष्पा: [धीमे से] समोसा खा लिये, जरा गड़बड़ कर दिया।

स्वरा: पुष्पा, हाँ, तेल-घी और आलू में मिलावट होती है [अचानक, नाक-नाक बंद कर लेती है] ये बदबू कहाँ से आ रही है?

पुष्पा दीदी: अंदर गोला छूटना शुरू हो गया है धाँय-धाँय, उसी से बदबू आ रही है, [चिल्लाती है] भगवती चेकिंग छोड़ दे अंदर बाहर तुरंत निकल, धाँय-धाँय शुरू हो चुकी है, फोर्स बार्डर पर आ चुकी है। [अंदर से भगवती की आवाज़ आती है, दीदी तनिक पोस्ट को होल्ड करो, डटी रहो]

पुष्पा दीदी : नहीं कर सकते, एक-एक सेकंड में गोला धायँ-धायँ छूट रहा है आ जाओ भगवती जैसा है जहाँ है के आधार पर छोड़ दो... अरे बाबा जी, अरे बिटिया उधर वाले टॉयलेट में पहुँचा दो। [भोसड़ी की "भगवती" बोलती है]

स्वरा: आपने मुझे बिटिया कहा यानि मैं आपको मम्मी, दीदी, माता जी कह सकती हूँ।

पुष्पा दीदी: अरी तू तो हमरी बिटिया है, चल-चल जल्दी... [राजेश्वर भागकर टॉयलेट में घुसकर बाहर आता है]

राजश्वेर: जी मैंने टॉयलेट चेककर लिया है....

पुष्पा दीदी: हमारे हाथ में पानी की बोतल है, बस पहुँचा दो। [ट्रेन अपनी गति से चली जा रही है मंच पर ट्रेन के संगीत के साथ प्रकाश धीमा होता है, स्वरा, पुष्पा दीदी को पकड़ कर टॉयलेट तक ले जाती है]

वेटिंग टिकिट

दृश्य-९

[मंच पर कुछ यात्री, बैग और पानी की बोतल आदि लेकर ट्रेन के गेट पर खड़े हैं [स्टेशन आने वाला है] ये यात्री ट्रेन से उतर जाने के लिये तैयार हैं, राजश्वेर एक किनारे खड़ा है, मंच पर प्रकाश परिकल्पना के सहारे यात्रियों को ट्रेन से उतरते और चढ़ते दिखाया जा सकता है, ट्रेन रुकने का संगीत बजता है, प्लेटफॉर्म पर हलचल है]

राजेश्वर: [उतरते हुए लोगों से], कौन सा स्टेशन आया है, आप का सीट नंबर क्या था?

यात्री:   [हाथ में कुछ फोटो हैं] चलती ट्रेन में टिकिट चेक नहीं हुई अब क्या करोगे पूछके, वैसे 22 से 28 तक कन्फ़र्म टिकिट था। और ये स्टेशन मेरे गाँव का है, 35 किलोमीटर और जाना होगा।

राजेश्वर: आपलोग छह यात्री हो?

यात्री:   टी॰टी॰ साहब, अब उतरने दो। गाँव की आखिरी बस 7 बजे के बाद नहीं जाती और दूसरा कोई साधन नहीं है। आओ सब लोग समान ठीक से उतार देना।

राजेश्वर: [चुपचाप] [स्टेशन पर चाय-चाय... पानी... ठंडा पानी... रेवड़ी लो... मशहूर रेवड़ी.... चेन-चेन... बेचने वाले इधर से उधर आते दिखायी देते हैं, तभी छ: लोग जो केवल एक-एक थैला लेकर और पानी कुछ पुस्तक आदि लेकर डिब्बे में घुसते हैं]

खैनी शंकर: [राजेश्वर से], ये डिब्बा एस-4 है, बाहर यही लिखा है, फिर भी कन्फ़र्म कर लेना ठीक रहता है।

राजेश्वर:	जी आप बिलकुल सही बोगी में प्रवेश कर रहे हैं।

रमाशंकर:	अरे वाह ! आप तो बड़ी अच्छी हिन्दी बोलते हो, वरना देश में तो
	भाषाएँ दिव्यांग हो रही हैं, खासतौर पर हिन्दी तो लंगड़ी चाल
	से चल रही है, हिन्दी दिवस और पखवाड़ा मनाकर, सरकारी
	डंडे के ज़ोर पर जिंदा रखे हैं। बाकी जो हिन्दी बोले वो अनपढ़,
	अनएज़ुकेटेड।

खैनीशंकर:	पंडित रमाशंकर जी, ट्रेन को दिल्ली पहुँचने में कई घंटे लगेंगे,
	देश और दुनिया की बातों के लिये काफी समय मिलेगा, पहले
	अंदर सीट पकड़ लो, वरना कन्फ़र्म टिकिट के बावजूद खड़े हुए
	या एडजस्ट होकर सोना पड़ेगा। पिछली बार दिल्ली का नाश्ता
	मिस कर गये थे, ट्रेन लेट पहुँची थी।

रमाशंकर:	खड़े होकर जाने और कन्फ़र्म टिकिट पर सीट पर बैठकर जाने से
	ट्रेन का लेट पहुँचने से कोई तर्क समझ नहीं आता

खैनीशंकर:	समालोचक की जब जरूरत होगी तब आप बोलना अभी आप
	धकेलकर सीट पकड़ लो, आदमी को पिछले अनुभव से सीखना
	चाहिए, पिछले साल याद है जब पैर पर लगी थी आपके बाल्टीया
	से, तब आपने कौनों समालोचना नहीं करी, सीधे गाली "भैंचो"
	बकी और लेटे रहे ऊपर फट्टे पर, मौका मिलेगा आपको बोलने
	का, खुजली शांत भी तो करनी है आपकी। साहित्य, कविता अब
	पुरातत्व विभाग के नियंत्रण में है, जिस तरह खंडहर का रख-
	रखाव रखते हैं उसी तरह हिन्दी लेखन की सभी विधाएँ खंडहर हो
	चुकी है पिछले दिनों, मुगलकालीन इमारत का किसी अमेरिकी
	ऑफिसर के आगमन से पता चला वरना तो सिर्फ लालकिला ही
	मालूम रहे, आपको भी लालकिला ही बुलाया गया है...

रमाशंकर:	[खाँसने लगता है और बोलता है] ठीक है कुछ देर बात मान
	लेते हैं, लेकिन चर्चा जारी रहेगी ब्रेक के बाद [सभी एक-एक
	कर सीट पर जाने का अभिनय करते हैं] साहित्य यात्री रमाशंकर
	[चलते-चलते] खैनीशंकर सही कह रहे हैं आप, हिन्दी साहित्य

	वेटिंग टिकिट

और हिन्दी कविता को अब कोई नहीं पढ़ता, ये तो भला हो सरकार का की बरसाती मेंढ़क की तरह ही सही, हमें साल में दो बार दिल्ली बुला ही लेती है, अब तो नोबल पुरस्कार सिनेमा के गीतों की रचनाकारों को भी मिलने लगा है, [भीड़ का झुंडु टकराता है] चलो बड़े चलो आ जाओ दोस्तों... [ट्रेन चल पड़ती है, संगीत बजने लगता है सभी साहित्यकार अपनी-अपनी सीट पर बैठ जाते हैं]

राजश्वेर: टी॰टी॰ साहब सच कह रहे थे, सीट खाली नहीं है। [टॉयलेट के अंदर से पुष्पा दीदी की आवाज आती है, बिटिया बाहर आ रहे हैं]

राजश्वेर: जी, वो अपनी सीट पर चली गयी हैं, मैं आपको छोड़ आऊँगा आप बाहर आ जाओ।

पुष्पा दीदी: [बाहर आती हैं, थकी हुई लगती हैं] ई कमीनी भगवती अबेहीन अदंर ही है, धोखेबाज़, मन शुद्ध नहीं है साली का जा रही है बाबा जी के समागम में किरपा लेने, मिलेगा घंटा ! ...गिरती हैं [संभाल कनहिया] ।

राजश्वेर: [सादगी से] पर मैं मथुरा का नहीं हूँ और टिकिट भी वेटिंग का है।

पुष्पा दीदी: जब आँख खुले तभी सवेरा, [चिल्लाती है] बंद रहो भगवती अंदर ही, भगवान करे तुम्हारा पेट खराब हो भगवती धोखेबाज़ कहीं की, कुतिया...

भगवती: [टॉयलेट के अंदर से केवल आवाज़ सुनायी देती है] पुष्पा दीदी कुतिया नहीं चूतिया कहो, तुम छुपायी थी सबसे की समोसा खायी हो, ई तो भला हो संतोषी का जो तुम्हारा राज़ खोल दी, ले आयी दू समोसा, तुम सेल्फिश हो, अकेले बाबा जी किरपा लेने के चक्कर में थी वो भी फ़र्स्ट चान्स में, रुक जाओ बातचीत से मसला सुलझा लेंगे, लड़ाई तो आखिरी हथियार है। हम दोनों पुराने दोस्त हैं, बातचीत हर समस्या और मंतभेद सुलझाने का रास्ता है।

पुष्पा दीदी: अभी बातचीत का माहौल नहीं है, हम अभी बातचीत नहीं कर सकते, पेट में दोनों तरफ अशांति है, ऐसे माहौल में संभव नहीं है समोसा खाई हो रानी। तो आराम से बैठकर आना, हर दो मिनट में वापस आना पड़ेगा। और हाँ नलवा पकड़े रहना वरना ट्रेन जब स्पीड पकड़ेगी तो, पैरवा गंदा हो सकता है। [चलो कनहिया... प्रकाश बंद होता है]

वेटिंग टिकिट

<h1 style="text-align:center">दृश्य-10</h1>

मंच पर [डिब्बे के अंदर] साहित्य यात्री इत्मीनान से चर्चा कर रहे हैं]

साहित्यकार खैनीशंकर: गोपियों को अपनी लीलाओं से प्रसन्न करने वाले कृष्ण भगवान, गोपियों को छोड़ अदृश्य हो गये, कृष्ण के अत्यंत प्रेम में मगन, कृष्ण को न पाकर विचलित हो उठीं, सभी गोपियों की अश्रुधारा बहने लगी, नेत्रों से कृष्ण की सारी लीलाएँ उनके बिना अनुभूत करने लगी उनके साथ सुंदर वार्तालाप, उनके आलिंगन व चुंबन को महसूस करने लगी, कृष्ण के न होने से व्याकुल हो गयी गोपियाँ जंगल में कनहिया को पाने के लिये हर वृक्ष से, लताओं से पूछने लगी। "हे वटवृक्ष! क्या तुमने नन्द महाराज के पुत्र को इधर से जाते, हँसते और मुरली बजाते देखा है।''

साहित्यकार [देवबंधु]: हम बताते हैं तथाकथित कृष्ण आजकल कारागार में हैं, बहुत होली खेली थी झाँसाराम और उनके शिष्यों ने, गोपियाँ ही भिजवायी जेल में। मेरी कविताओं को सुनने वाले सारे श्रोता भाग गये कविता का रस छोड़, आश्रम में जाके आलिंगन और चुंबन की लीला सुनकर मगन हो जाते। बाबा जी कहते हैं कृष्ण की लीलाओं का पाठ होगा। कुकुरमुत्ता भी बरसात में अपने-आप उग जाता है, लेकिन केवल बरसात में, लेकिन आजकल अम्मा जी, श्री 420 महाराज, गीता उपदेश वाचक, तीन घंटे

में पूरी रामलीला वाचन एवं भोगशाला में भरमा नन्द सत्संग करने और सुनाने वाले हर रोज़ पैदा हो जाते हैं। इन्हीं के चलते अब न कवि सम्मेलन होता है न कोई श्रोता ही आता है।

साहित्यकार खैनीशंकर: देवबंधु छ: महीने बाद मौका मिला है कविता सुनाने का, लालकिला पर 15 अगस्त को आये रहे पिछली बार और अब 26 जनवरी है। बाकी समय में रोटी भी नसीब नहीं होती, इस देश में कवि और लेखक की गति बकरीद के बकरे की तरह होती है, बलि से पहले खूब सजाया जाता है, आधी रचना तो रद्दी में बिका गयी है। देवबंधु आज कन्फ़र्म टिकिट भेजा है, आपको आयोजक ने केवल अपनी फटती को! बड़े आराम से बैठे हो, घुसते ही पूछे की ई डिब्बा एस-4 है न [व्यंग से] देखो कितना तेज़ चमक रहा है आपके माथे पर, वरना जब तुम साईकल पर कथा वाचने अगल-बगल वाले गाँव में जाते हो, वो भी केवल पूर्णमासी को तो, रेल के फाटक के नीचे से सईकिल छाती पर रखकर सर्प की भाँति निकाल जाते हो, कहीं जजमान दूसरा पंडित न बुला ले, समझे ई पंडिताई बहुत दिन दाल- रोटी नहीं चलायेगी, पंडित ऑनलाइन बकु हो जायेगा। लेखन का धंधा बंद करो, देश बदल रहा है, तुम भी धंधा बदल लो।

साहित्यकार [देवबंधु] : निकालो अपनी भड़ास। लेकिन सही कह रहे हो। भूखे मरने से अच्छा है, लिखना छोड़ दो सच में, रोटी तो शिवानंद जी आरती गवा के ही खा रहे हैं [कहत शिवानंद स्वामी सुख संपत्ति घर आवे, गाने लगता है], कलम के सिपाही प्रेमचंद फटे जूते में फोटो खिंचवाये

थे आपकी वाचन एवं पाठन शैली और ई नया रुप वैसे
भी धर्मगुरु की तरह है। लालकिले पर चर्चा या कविता
केवल नियम के आधार पर ही बोलनी पड़ेगी अगर मन
के मुताबिक बोलने के आज़ादी मिल जाए तो हम भी
आज़ादी से पहले वाले लेख और कविता लिखने कि
योग्यता रखते हैं। अगर हम जोश में आकार देश के
हालत पर कुछ पढ़ दिये तो....

साहित्यकार खैनीशंकर: [बीच में ही काटते हुए] अगली बार अपने शहर में
टीवी पर प्रसारण देखोगे, नाम कट हो जायेगा तुम्हारा,
जो दाल रोटी चल रही है चलने दो और साहित्यकार
का चोला त्याग दो, आज तक तुम्हें कोई नहीं पूछा आगे
भी नहीं पूछेगा। लीला आगे सुनाये।

साहित्यकार [देवबंधु]: सुनाओ आगे, हम आपसे सहमत हैं, दो तिहाई बहुमत।

साहित्यकार खैनीशंकर: पूरे जोश से कृष्ण के संकेतों को समझते हुए, भीम
ने जरासंध के शरीर को दो टुकड़ों में विभाजित कर
दिया, ज़मीन पर एक पैर, एक जाँघ, एक अंग, एक
वक्ष, एक जा [अब सीट से खड़ा हो जाता है] एक
कान और आधा चेहरा था, जैसे ही जरासंध की मरने
की घोषणा हुई, श्री कृष्ण, भीम को बधाई देने के लिये
आलिंगन करने लगे [हाथ फैलाकर साहित्यकार देवबंधु
को आलिंगन करने लगता है। [तभी पुष्पा दीदी और
राजेश्वर वहाँ दिखाई पड़ते हैं]

पुष्पा दीदी : कौन किस का आलिंगन कर रहा है, अरे शर्म नहीं
आती, चलती ट्रेन में चिपक रहे हो, वो भी दो मर्द,
गे हो क्या या एलजीबीटी? जाओ भगवती टॉयलेट
से निकाल गयी होगी। वहीं करो चिपकना और चुंबन।
चल रे कनहिया, वैसे अच्छा ही हुआ, हो सकता है

दरबार में बाबा जी यही सवाल पूछ ले। कभी गे या एलजीबीटी को ट्रेन में चिपकते देखा है, झट से कह देंगे हाँ, बस कृपा शुरू।

[प्रकाश बंद होता है]

दृश्य-11

देवबंधु : [सिर पकड़े बैठा है।]

साहित्यकार खैनीशंकर: महाभारत में पढ़ा था शकुनी समलैंगिक था, उसके हाव-भाव गतिविधियाँ भी समलैंगिक जैसी थी, आज तक किसी ने विवाद नहीं किया न ही विरोध बल्कि उसे कुटिल नीतिज्ञ कहा गया! धर्मराज युधिष्ठर भी द्रौपदी को दाँव पर लगा बैठे।

देवबंधु: अरे चुप्प हो जाओ महाराज, तुम्हारे चक्कर में हर आदमी भद्दे इशारे कर रहा है पूरी ट्रेन में ख़बर फैल गयी चले थे कृष्ण की लीला का वाचन करने "न्यू स्टार्टअप", उ अम्मा जी तो तीन बार घूर के जा चुकी हैं।

साहित्यकार खैनीशंकर: [चादर मुँह पर लपेट लेता है।]

साहित्यकार दिवेदी: आप देशबंधु जी समालोचक हैं, अब आपके पास ज्वलंत विषय भी है और आप इसके ख़ुद शिकार हुए हैं हमलोग आप को सुनना चाहते हैं और बोलने कि पूरी आज़ादी भी है।

साहित्यकार देशबंधु: विषय-विकार मिटाओ, पाप हरो देवा, ॐ जय जगदीश हरे, स्वामी पाप हरो देवा... [पुष्पा दीदी की आवाज़] वाह कौन डिब्बे में बाबा आये हैं चलो देखो तो सही, आ जाओ बहनों सत्संग हो रहा है]

साहित्यकार देशबंधु:   [एकदम चुप हो जाता है] ज़रा द्विवेदी जी हटो, शौच के लिये जा रहा हूँ। [भागता है] उसके पीछे खैनीशंकर भी भागता है]

[मंच पर अँधेरा होता है]

दृश्य-12

[साहित्यकार देशबंधु, साहित्यकार खैनीशंकर टॉयलेट के पास खड़े हैं जैसे कोई चोर छुपे हुए हो, राजेश्वर खड़ा है टी०टी० उससे बात कर रहा है]

टी०टी०: कैसे हो, अभी तक, नहीं बनी बात, वैसे मैं आदमी बुरा नहीं हूँ, समझ सकता हूँ तुम्हारी परेशानी, मेरी इस बोगी में एक सीट है जो टी०टी० के लिये रहती है पैन्ट्री कार्ट के पास, मेरे सोने के लिये या कह सकते हो रात को जब सारी बोगी के पैसेंजर सो जाते हैं तो मैं उस पर बैठकर अपने शरीर को थोड़ा आराम दे सकता हूँ। तुम सीधे-साधे लगते हो, परेशानी क्या है? मैं नहीं जानता लेकिन यकीन से कह सकता हूँ बहुत सच्चे इंसान हो। हो सकता है तुमने अब तक ना जाने मेरे बारे में कितने अनुमान लगा लिये होगे, मैं भ्रष्ट कर्मचारी हूँ, ज्यादा पैसे लेकर औरों को टिकिट दे रहा होऊँगा, सरकारी लोग....

राजश्वेर: [उसकी बात को काटते हुए] मैंने कुछ नहीं सोचा, बस मथुरा पहुँचना है यही सोच रहा हूँ। मुझे यहीं बैठकर, ज़मीन पर, बस इसी ट्रेन में जाने दीजियेगा [पानी की बोतल से पानी पीता है]।

टी०टी०: नहीं सोचा कुछ भी नहीं सोचा, बड़े अद्भुत आदमी हो। तुम चाहो तो बैठ सकते हो।

<table>
<tr><td valign="top">राजेश्वर:</td><td>आप थक गये होंगे, जाइए जब तक अगला स्टेशन आता है तब तक, आप आराम कर लीजिए। मैं पुष्पा दीदी को संभाल लूँगा उनकी तबीयत अब ठीक लगती है।</td></tr>
<tr><td valign="top">टी०टी० :</td><td>नहीं पुष्पा जी का कोई कसूर नहीं है, आदमी आज के दौर में परेशानी के सिवा कुछ नहीं पाता। दो जून की रोटी, रहने को एक घोंसला और बच्चों की खुशी, बस इसी के लिये भागम-भाग है। जीवन जब अत्यंत मुश्किल हो जाता है तो इंसान बुत तो नहीं बना रह सकता, मूर्ति हमेशा खामोश रहती है क्योंकि पत्थर की होती है न उसके अंदर मष्तिक होता है जो परेशान हो सके, दिल भी नहीं होता जो धड़कता हो, रक्त भी नहीं जो बहता हो दरअसल पत्थर से बनी चीज़ को आग केवल बदरंग कर सकती है, हवा के थपेड़े उसे हिला नहीं सकते, नभ से पानी कितना भी बसर जाए पत्थर ही केवल खामोश रहकर सब सह सकता है जीवित इंसान नहीं! पुष्पा जी की का गुस्सा, मुझे ज़रा भी बुरा नहीं लगा, इस टी०टी० की नौकरी ने ज़िंदगी से लड़ना सीखा दिया, अब लोगों के गुस्से को सहज ही लेता हूँ। जानते हो, इस ट्रेन की हर बोगी के कंपार्ट्मेंट में खिड़कियाँ हैं, सालों से लोग इसमें बैठते हैं, कन्फ़र्म टिकिट और वेटिंग टिकिट कई बार बिना टिकिट भी, हर रोज़ अलग-अलग शहरों से गाँव से, यात्री यात्रा करते हैं, बिलकुल एक-दूसरे से अंजान, लेकिन चंद मिनटों में ऐसे बातें करने लगते हैं जैसे बरसों से एक-दूसरे को जानते हैं। लेकिन बात केवल एक ही होती है और विषय होता है परेशानी, चाहे उनकी परेशानी का कारण अलग हो पर कारण मानवीय ही होता है, जिजीविषा, बस लड़ना सिखाती है। कभी-कभार मस्त</td></tr>
</table>

वेटिंग टिकिट

स्कूली बच्चे टोली में आते हैं बस तब लगता है जीवन में आनंद ही आनंद है। उनकी मासूम मुस्कान, एक-दूसरे को परेशान करना, फिर परेशानी देखकर हँसना, कभी ऊपर कूदना कभी खिड़की से बाहर देखकर ज़ोर-ज़ोर से चिल्लाना। तभी उनकी टीचर जी का डाँटना, बच्चे कुछ पल के लिये एकदम चुप, फिर फुसफुसाहट और ज़ोर से विद्रोह करना, बस छुक-छुक चलती ट्रेन का मज़ा लेना, इस ट्रेन की हर बोगी के कम्पार्टमेंट में खिड़कियाँ हैं, वो ऐसी हैं जो सबकी परेशानी सुनती हैं और आर-पार बहने वाली बयार के साथ उड़ा देती है सफर में तो सुकून दिलाती है, कभी मस्तों का झंडु और कभी गमगीन चेहरे।

राजेश्वर: आप पानी पियेंगे।

टी॰टी॰ : नहीं, तुम चाहो तो... [देशबंधु, खैनीशंकर अब थोड़ा सहज लग रहे हैं, बातों में रुचि ले रहे हैं केवल भाव-भंगिमा से अभिनय कर रहे हैं]

देशबंधु,
खैनीशंकर एक साथ: टी॰टी॰ साहब, अबकी बार भर्ती कब होगी?

टी॰टी॰ : जी आपकी उम्र के लोग टी॰टी॰ की भर्ती के लिये शायद एलीजीबल न हों, फिर भी आप विज्ञापन देखते रहियेगा।

साहित्यकार देशबंधु: आजकल तो अखबारों में केवल नूर बाबा बंगाली, मिले हर रविवार, आपकी हर समस्या का समाधान, भूतप्रेत, गृह क्लेश, शौतन, वशीकरण, प्यार में धोखा सबका एक इलाज़, मिले खटिया पुल के नीचे।

साहित्यकार खैनीशंकर: जी, हर पन्ने पर एक ही बात स्वामी जो पूरी आश्रम में निशुल्क योग प्रशिक्षण, सवेरे 4.00 बजे, कठोरनिषद पर सत्संग प्रवचन, अखंड रामायण, टी॰टी॰ साहब हमारे

जमाने में केवल लेख छपते थे अब हर पृष्ठ पर एक ख़बर होती है और तीन विज्ञापन वो भी आपत्तिजनक चित्रों के साथ, जवानी में जोश भरे कैप्सूल का विज्ञापन। अब बताओ घोड़े के चित्र के साथ, कैप्सूल के नीचे लिखा जाना, जवानी और जोश ताकत के लिये प्रयोग करें, सोने से एक घंटा पहले, रात को शांति से सोना चाहता है थका हारा मानुष फिर जोश की क्या जरूरत है रात को। ये सरासर द्विअर्थी है एवं समाज को पतन के लिये प्रेरित करता है, उकसाता है।

साहित्यकार देशबंधु:	बस महाराज, बस बंद करो सेक्स प्रेरित संगोष्ठी आप और मैं सही होते हुए भी गलत साबित हुए। हमने जरासंध की मृत्यु की सूचना मिलते ही [खैनीशंकर आलिंगन करने लगता है] भीम और कृष्ण बनकर का आलिंगन किया, और तबसे पूरी बोगी घूर रही है कोई गे कोई एलजीबीटी भेंचों सूर्पनखा बनायी डाले कहत रहे सोच बदलो, धंधा बदलो। सकारात्मक सोच ही विकास ला सकता है बदलाव जरूरी है।
टी॰टी॰ :	जी हाँ, ये केवल अब राजनीतिक पार्टी और नेताओं के पास है, यदि बाढ़ के पानी से लोग बेहाल सरकार से भोजन की गुहार लगाते हैं तो नेता जी भोजन तो नहीं देते पर लोगों को यही समझाते हैं तुम लोग बुड़बक हो गंगा जी तुम्हारे घर ख़ुद चल के आयी हैं, कितने भाग्यशाली हो, उपवास रखो और स्वागत करो बाढ़ का। ये सकारात्मक सोच है लोग भी बरसो से सहमत हैं। [तभी पुष्पा जी आती दिखायी देती हैं, साहित्यकार देशबंधु, साहित्यकार खैनीशंकर दोनों मुँह पर हाथ रख भाग जाते हैं, टी॰टी॰ तुरंत पानी की बोतल हाथ में ले लेता है, राजेश्वर के चेहरे पर हल्की मुस्कान है, धीरे-धीरे ज़मीन पर बैठ जाता है, मंच पर अँधेरा होता है]

वेटिंग टिकिट

दृश्य-13

[ट्रेन में यात्री सो चुके हैं कुछ के हाथ में समान है और गेट पर खड़े हैं अचानक ट्रेन रुकने लगती है, संगीत के माध्यम से ट्रेन रुकने की आवाज़ आती है]

राजेश्वर: खड़ा होता है [खड़े यात्री जल्दी-जल्दी उतर जाते हैं]

राजश्वेर: आपलोग क्यों उतर रहे हैं ये तो कोई स्टेशन नहीं है, शायद आगे सिग्नल नहीं मिला है अभी स्टेशन दो घंटे दूर है। [टी॰टी॰ का प्रवेश]

टी॰टी॰ : चैन पुलिंग हुई है, हर रोज़ होती है, ये लोग 60 किलोमीटर दूर रहते हैं, पास में ही गाँव है इन लोगों का अगले स्टेशन पर उतर के आने में सात घंटे वापस आने में लगेंगे। कुछ देर में यह अपने घर पहुँच जायेंगे। [तभी दो तीन जवान टॉर्च लेकर आते हैं]

जवान : टी॰टी॰ साहब शायद चेन पुलिंग हुई है, फिर भी ड्यूटि करनी पड़ेगी "इटारसी" स्टेशन है अगला, गार्ड साहब को इतला देनी पड़ेगी ट्रेन रुकी है, अगले स्टेशन पर सूचना भेजनी पड़ेगी, वरना दुर्घटना हो सकती है।

टी॰टी॰ : हाँ, [राजेश्वर से] 20 मिनट लग सकते हैं... तभी [साहित्यकारों की टोली भी आ जाती है]

साहित्यकार, खैनीकर: क्या हुआ?

टी॰टी॰: चैन पुलिंग, 20 मिनट लग सकते हैं।

साहित्यकार देशबंधु और

साहित्यकार द्विवेदी: नाश्ता फिर गया इस साल, क्या हमलोग नीचे उतर कर थोड़ा खड़े हो जाएँ, अँधेरा है पर चाँद की रोशनी में धरा नहायी हुई है, आ जाओ कवि महाराज थोड़ा दम भर लें। [तीनों नीचे उतर जाते हैं]

साहित्यकार खैनिशंकर: बस टाईं-टाईं फिस: नश्ता गइल

साहित्यकार द्विवेदी : किसी तरह लंच तक पहुँच जाये दिल्ली, कम से कम सूप तो मिलेगा पीने को, बड़ा मज़ा आता है, दाल मखनी, रोटी नान।

साहित्यकार, देशबंधु : लेकिन पिछली बार बहुत तमाशा किये थे आप, कवि लोग तो शांत थे पर सरकारी अधिकारी और आयोजक बहुत घूरे थे आपको, प्लेट में एक बार में सब भर लिये थे आप, और फिर चम्मच और काँटा अइसे चलाये जैसे, पानीपत का युद्ध, किसी का कोट ख़राब किया किसी का पतलून और संचालक का तो सिल्क का कुर्ता, चारों तरफ चावल ही चावल फैला दिये, चावल के दाने अइसे पड़े थे जैसे, सैनिक सीमा पर शहीद हो रहे हो, और कौनों पूछने वाला नहीं।

साहित्यकार द्विवेदी : [शरमा के] पहली बार, शामिल हुए थे, बर्तन और खाना देख काबू नहीं कर पाये, इसलिए तैश में आ गये थे। गपा-गप भरते गये "जो चावल के दाने शहादत प्राप्त किये" उनको हम देश के किसानों की ओर से और अपनी तरफ से श्रधांजली तुरंत दिये, हम एक भी चावल से नहीं पूछे के तुम बासमती हो की परमल, सबको एक ही सम्मान दिये! किये कौनों राजनीति, हाँ जो आयोजन में शामिल होने के लिये पैसा [मानदेय] मिला था वो नहीं मिले, संचालक कुर्ता ड्राईक्लीन की खर्चा के नाम पेमेंट में से काट लिया था, खाली स्मृति

चिन्ह घर लाये। यही शहीदों के परिवार के साथ होता है, केवल स्मृति चिन्ह और पैसा ठन-ठन गोपाल।

साहित्यकार देशबंधु : अबकि तेजी मत दिखाना, और भीड़ से अलग होकर खाना, खासतौर पर आयोजक और संचालक से, वरना आखिरी समारोह समझो। अगर मैं सही सोच रहा हूँ तो ये आखरी तो हम सबका है, अगली बार उम्मीद नहीं है की आयोजन भी होगा। होगा तो कवि और साहित्यकार नहीं होंगे, होंगे नेताजी और अभिनेता जी !

साहित्यकार खैनीशंकर: दिल मत बैठाओ, ई निष्कर्ष कैसे निकाल लिये, अभी तो हम खर्चा करके नया जबड़ा बनवाये हैं, ताकि हर समारोह में नान चबाने में दिक्कत न हो, पिछले आयोजित भोज में बटर नान बहुत स्वादिष्ट था पर चबा नहीं पाये थे। जबड़ा जेब से निकालकर दिखाता है पूरे बत्तीस दाँत हैं तुम अच्छे समालोचक नहीं हो। दहशत-गर्दी फैलाना जुर्म है हमारी एकता को खतरा है।

साहित्यकार देशबंधु : देखो खैनी, अख़बार वालों का भट्टा टीवी चैनल ने बैठा दिया है, सुबह जब अखबार पर नज़र पड़ती है तो, सारी खबर बासी लगती है, समझ गये, पूरी रात चौबीस घंटे रिपोर्टर पल-पल की खबर दिखाते हैं, सब कुछ रात ही को पता रहता है, वो भी सचित्र बोलते हुए। अखबार का बाकी पन्ना खून-खराबा, राशिफल, योग-निदान, खेल के गली मोहल्ले की खबर से भरे रहते हैं। रविवार को एक पेज पर कुछ कविता और लेख पढ़ने को मिलते थे वो भी अब हीरोइन की जन्मदिन की पार्टी, खान साहब के बालों का नया स्टाइल के चित्रों से भरा रहता है। 100 खबरें, 100 सेकंड में, चैनल दिखाता है, मार-पिटाई, चाकू चोरी, छेड़-छाड़ थाना कोतवाली, लगता है देश नहीं चंबल के डाकू सब जगह फैल गये

हैं। रात में पंडित जी आपकी कुंडली पढ़ने लगते हैं वो भी लैपटाप लेकर। बाकी बचे समय में कॉमेडी शो वो भी नेशनल न्यूज़ का हिस्सा होता है, जबल शर्मा का शो, चुम्मा लेती अम्मा, दादी माँ का प्यार, वासना से भरपूर भाव-भंगिमा, हर कार्यक्र म में लौंडा नाच होता है, उसे लोग देखकर हँस-हँस कर पगला जाते हैं। यही है आज के नवयुवक और बदलते समाज की माँग। प्रेमचंद की कहानियाँ, मधुशाला, मैला आँचल, जयशंकर प्रसाद, महाश्वेता देवी, कृष्णा सोबती, मोहन राकेश, मैथलीशरण जी, हरिशंकर परसाई, शरद जोशी, आज़ादी के तराने लिखने वाले लेखक अब सिर्फ पुस्तकालय की शोभा बढ़ाते हैं। भगवत गीता का अलग-अलग तरह से पाठ करके बाबा लोग दुकान खोल दिये, जबकि गीता का उपदेश साश्वत सच है और उसके साथ कोई प्रयोग नहीं किया जा सकता, फिर भी रोज़ नया वाचक पैदा होता है।

साहित्यकार खैनीशंकर, साहित्यकार देशबंधु, कोई और रास्ता बचा है क्या?

<table>
<tr><td>देशबंधु :</td><td>नहीं लुप्त प्रजाति की लिस्ट में लेखक का नाम शामिल करवा लो शायद पेंशन मिलने लगेगी। [तभी ट्रेन की सीटी बजती है] तीनों ट्रेन में वापस चढ़ जाते हैं, ट्रेन चलने लगती है] [तीनों वहीं गेट पर खड़े रहते हैं, टी०टी० और राजेश्वर भी वहीं है]</td></tr>
<tr><td>टी०टी० :</td><td>राजेश्वर तुम काफी देर से खड़े हो अगला स्टेशन छोटा है, ट्रेन दो मिनट रुकेगी, उसके बाद मथुरा रुकेगी, तुम्हें वहीं उतरना है न।</td></tr>
<tr><td>राजेश्वर:</td><td>जी।</td></tr>
<tr><td>टी०टी० :</td><td>तुम सब सुन रहे हो, कोई अपने विचार नहीं है, थोड़ा</td></tr>
</table>

टाइम पास हो जाता, वहीं के रहने वाले हो ?

राजश्वेर: जी नहीं।

टी०टी० : तो फिर गोबर्धन जी दर्शन और परिक्रमा के लिये जा रहे हो, वो तो तुम टिकिट कन्फ़र्म करा कर इत्मीनान से जा सकते थे फिर वेटिंग टिकिट सारी रात आँखों में निकाल दी, बड़े कृष्ण भक्त लगते हो।

राजेश्वर: जी आप बिलकुल गलत सोच रहे हैं।

टी०टी० : भाई, तुम ही बता दो, बस थोड़ी देर में मथुरा जंक्शन पर ट्रेन रुकेगी, उसके बाद दिल्ली।

राजश्वेर: मैं आपका शुक्रिया अदा करना चाहता हूँ आपने मुझे वेटिंग टिकिट पर यात्रा करने की अनुमति दी।

टी०टी०: अबे दोस्त, अब तो स्टेशन आने ही वाला है, बता तो जा ! न तू मथुरा का है, न कृष्ण जी का भक्त, हाथ में थैला और पानी की बोतल, इसीलिए शादी में भी नहीं जा रहा, मथुरा में कोई सरकारी नौकरी की गुंजाईश भी नहीं है...

राजेश्वर: मत करिए इतना आकलन, दरअसल अपनी बुआ जी के घर जा रहा हूँ, कल खबर मिली थी, सीमा पर बुआ जी लड़का केवल तेईस वर्ष का था, दुश्मन की गोली से मारा गया है, आज सुबह उसकी लाश गाँव पहुँचेगी, गाँव वाले इकट्ठे होंगे, बुआ जी के परिवार में सब सेना में ही नौकरी करते थे, क्योंकि दादा जी ने आज़ादी की लड़ाई में भाग लिया था, उन्हीं ने घर में आज़ादी के संघर्ष की गुमनाम कहानियाँ सुनाई जो इतिहास के पन्नों में कहीं दर्ज़ नहीं है, जो नाम किताबों में है वो सभी आज़ादी की लड़ाई के अगुआ थे उनकी कुर्बानी सब जानते हैं लेकिन ऐसे कई नाम है जिनकी कुर्बानी के बिना आज़ादी संभव ही नहीं थी वो और उनके परिवार

अब भी गुमनाम हैं न ही किसी को जानने की फुर्सत और दिलचस्पी है, चंद लोग इस आज़ादी का आनंद मना रहे, गोरी सरकार का शासन खत्म हो गया। हमने बेखौफ अँग्रेजी सरकार से लड़ाई लड़ी, इसलिये क्योंकि वो अपने बंधु-बाँधव नहीं थे, अब लड़ना मुश्किल है क्योंकि सब अब अपने बंधु-बाँधव हैं, जब अपने हक़ के लिये अर्जुन को महाभारत में अपनों से युद्ध करना पड़ा तो उनका गांडीव भी नहीं उठा, वो धनुर्धर पर्त्यांचा नहीं चढ़ा पाया, पर उस महाभारत के युद्ध में कृष्ण जैसे सारथी थे जिन्होंने अन्याय के विरुद्ध लड़ाई का धर्मज्ञान दिया स्वयं से लड़ना बड़ा कठिन है, हम किससे लड़े सब अपने हैं नहीं है तो सारथी...

आज सिर्फ तंत्र बदला है देश चलाने वाले अब अंग्रेज़ नहीं भारतीय हैं दादा जी बताते हैं उस जमाने में गुलामी थी पर खेत लहलहाते थे, चरखा और कपड़ा बुनने की खड्डी चलती थी, मिट्टी में सुगंध थी बगीचे फूलों से भरे थे आम के पेड़ पर बौर आते ही कोयल कूकती भी थी पपीहा गाता था, होली भी थी और ईद भी, दीवाली भी थी और मुहर्रम भी था देश के आज़ाद होते ही, दो टुकड़े हो गये भारत की आज़ादी में लड़ने वाले हिंदुस्तानी और पाकिस्तानी हो गये, नदिया बँट गयी पर्वत बँट गये लेकिन दोनों तरफ रगों में दौड़ने वाला रक्त अब भी लाल है। दादा जी जब हालत पर विचार करते तो हमें यही सीखाते जीवन में जो जैसा करेगा वो उसका खुद जिम्मेदार होगा तुम लोग आदर्शों व वसूल पर चलना, अनुशासन ही सफलता और शांति का रास्ता है, इसलिये वसूल हमारी परिवार की धरोहर है, इसलिये मैं वेटिंग टिकिट पर खड़े-खड़े ही सफर करता रहा, नयी पीढ़ी का हूँ सब समझता और जानता हूँ। हमने बदलने का

फैसला कर लिया और इस देश की संस्कृति, साहित्य और इतिहास को दरकिनार कर दिया तो हम मानचित्र विकास में सहायक जरूर है लेकिन परंपरा को और इतिहास के भूलने की कीमत पर नहीं। लड़ाई अब भी जारी है "मानसिक गुलामी से पश्चिमी नकल से", जब तक ये मानसिक गुलामी नहीं टूटेगी तब तक आज़ादी के कोई मायने नहीं है, रात लंबी कभी नहीं होती, सूरज उदय सुबह ज़रूर होता है। लंबी होती है अज्ञानता, भोर का अँधेरा कभी भयभीत नहीं करता क्योंकि उम्मीद होती है कुछ ही पल में उजाला हो जायेगा। एक दीपक जलता है तो प्रकाश देता है, ज्ञान की एक रोशनी जीवन को बदल देती है। भौतिक वस्तु और नशा कुछ पल सुकून दे सकते हैं, किन्तु संतोष जीवन के अंत तक खुशी देते हैं, मंजिल और इच्छाओं का अंत तभी संभव है जब व्यक्ति एक पड़ाव के बाद अगली महत्वकांक्षा का त्याग कर दे। मैं ये जानता हूँ, मेरे पहुँचने तक पंचायत, सरकारी अधिकारी, विधायक फूलमाला लेकर वादों और जुलूस की तैयारी कर रहे होंगे, मरने वाला शहीद की श्रेणी में आयेगा या नहीं इस पर बहस होगी, और नारे लगाने और घड़ियाली आँसू बहाने वाले ज्यादा होंगे। जबकि सच्चाई ये है बुआ जी एक टूटे हुए घर में पिछले आठ बरस से अकेली रह रही हैं फूफा जी की मौत भी सेना में रहकर आतंकवादियों से लड़ते हुई थी! उनका ये एक ही बेटा था, मैं उनका भतीजा हूँ, दाह संस्कार मैं ही करूँगा, वापसी में मैं कन्फ़र्म टिकिट लेकर ट्रेन में बैठूँगा क्योंकि बुआ जी को साथ अपने घर ले जाऊँगा, ट्रेन की गति धीरे हो रही है। जी मथुरा स्टेशन आ रहा है [राजेश्वर गेट पर उतरने के लिये खड़ा है]

प्रकाश मंद होता जाता है ट्रेन रुकने की आवाज़ आने लगती है]

[नाटक समाप्त होता है]

9 789391 531782